Gertrud Fussenegger

Ein Spiel ums andere

Erzählungen

Gertrud Fussenegger

Ein Spiel ums andere

Erzählungen

Quell

ISBN 3-7918-1131-2

»Das Spiel der Corarès« wurde mit freundlicher Genehmigung
des Ennsthaler Verlags, Steyr, dem Band »Eggebrecht« entnommen
Printed in Austria · Alle Rechte vorbehalten
1. Auflage 1996
Umschlaggestaltung: Klaus Dempel unter Verwendung eines Gemäldes
von Lucas van Leyden, »Die Schachpartie« (um 1508)
(Bildquelle: Bildarchiv Preussischer Kulturbesitz, Berlin)
Gesamtherstellung: Wiener Verlag, Himberg bei Wien, Austria

Inhalt

Das Spiel der Corarès

In F. – die kleine alte Stadt liegt am Rande der Alpen in einer von den Fremden gern als entzükkend bezeichneten Gegend – lebte seit einigen Menschenaltern eine Familie namens Corarès. Sie stammte aus dem Inneren Montafon, das ist ein abgelegenes, von einem erst spät eingedeutschten Keltenstamm besiedeltes Gebiet unter den Nordhängen der Silvretta. Von dorther haben die Corarès ihren sonderbaren Namen mitgebracht. Auch ihr Aussehen erinnerte an ihre Herkunft: sie waren dunkelhaarig, dunkeläugig, eher klein als groß, hager, und etwas Abseitig-Fremdartiges lag über ihrem Wesen, ein Schatten wie von List und Trauer.

Es mochte ihnen am Anfang nicht leichtgefallen sein, in unserer Stadt Fuß zu fassen. Es gab damals wenig Zuzügler, sie wurden von den eingesessenen Bürgern als Eindringlinge betrachtet; noch ihren Kindern und Enkeln rechnete man nach, daß sie im Grunde Fremde waren.

Die Corarès erwarben ein halbländliches Anwesen am Rande der Stadt, etwa hundert Schritte hinter unserem Hause. Mein Vater erzählte, man habe ihnen von unserem Grundstück gerade in die Fenster gesehen. Jetzt ist ein Wald von Obstbäumen dazwischen gewachsen, und der Platz, auf dem ihr Haus stand, liegt immer noch wüst und öde. – Doch ich greife vor . . .

Um die Jahrhundertwende wuchsen dort in dem Haus zwei Brüder auf, Rudolf und Ernst. Sie waren einander so ähnlich, daß man sie oft für Zwillinge hielt. Aber der Jüngere, Ernst, zeigte schon früh eine besondere Begabung.

Er war in der Schule ein guter Rechner. Als er zehn Jahre alt war, zeigte ihm ein stelzfüßiger Invalide die einfachsten Grundzüge des Schachspiels. Ernst begriff sofort, er war durch das Spiel wie hypnotisiert. Von nun an verbrachte er jeden freien Augenblick damit, die einfachen Kombinationen, die ihm der Alte beigebracht hatte, im Alleinspiel zu wiederholen, abzuwandeln und auszubauen.

Bald genügte ihm sein erster Lehrmeister nicht mehr. Er ging auf Suche nach neuen Partnern. Während sich sein Bruder und seine Altersgenossen damit vergnügten, in der Gegend herumzustreifen, Vogelnester auszurauben und sonstigen Schabernack zu treiben, drückte sich Ernst in den Häusern der Altstadt herum. Hier, so hatte man ihm gesagt, wohne ein Schachspieler, dort ein anderer. Nun stand der Junge, sein Brett unter den Arm geklemmt, in den Treppenfluren und wartete, vor Begierde brennend, darauf, daß sich eine der bezeichneten Türen öffne, daß ihn jemand frage, was er wolle, daß er sein Anliegen vorbringen könne. Und wirklich fand sich der eine oder der andere Schachspieler – es waren zumeist alte

Pensionisten – bereit, den Jungen zu einer Partie einzulassen. Bald merkten sie, daß der Dreikäsehoch kein leichtzunehmender Gegner war, daß sie sich ihrer Haut zu wehren hatten und schließlich regelmäßig geschlagen wurden. Das verärgerte die Männer. Da gaben sie ihm den Rat, er solle sich anderswo – in der Hauptstadt des Landes etwa – andere Partner suchen.

Ernst hatte kein Geld, um dorthin zu fahren. So machte er sich zu Fuß auf den Weg. Nach langem Herumfragen fand er das Gasthaus, in dem der Landesschachklub ein rauchiges Zimmerchen unterhielt. Darin saß ein weißhaariger Herr. Er hörte den Knaben an, dann erhob er sich von seinem Sessel und suchte ihm aus einem wackligen Schrank ein verlesenes Buch hervor: es war das Werk des berühmten Franzosen Philidor, des genialsten Schachspielers, den die Welt je hervorgebracht hatte.

Ernst zog mit dem Buche ab. Er stürzte sich in die Lektüre: jetzt fiel es ihm wie Schuppen von den Augen. Er begriff, daß er, wo er doch zu glänzen gedacht, bis jetzt nur gestümpert hatte. Atemlos vor Entzücken, aber auch schon von einem wilden Neid auf das Meisterliche erfüllt, überflog er die Partien, die Philidor als Muster gab, die hohen Kombinationen, zu denen jener sagenhafte Magier des Brettes das Spiel gesteigert und zur Musik logischer Figuren emporgeläutet hatte.

Von nun an war Ernst Corarès seiner Leidenschaft ganz verfallen. In der Schule betrieb er nur noch ein einziges Fach, die Mathematik, mit einigem Eifer. Von ihr erhoffte er, daß sie ihm die Wachsamkeit des Geistes und die Folgerichtigkeit des Denkens schärfen werde. Mit zwanzig Jahren stellte er sich dem österreichischen Meister zu einer Simultanpartie. Er gewann. Der Meister forderte ihn zum Zweierspiel auf. Ernst errang ein Unentschieden. Erschöpft, verzehrt, als habe er wochenlang im Fieber gelegen, aber so glücklich wie nie zuvor und nie nachher, wankte er in seine Herberge zurück.

Nach dem Krieg 1914–1918, den Ernst zumeist in Schreibstuben der Etappe über seinem Buch grübelnd verbracht hatte, dauerte es nicht mehr lange, bis er zur Weltklasse aufzusteigen begann.

Indessen war auch sein Bruder herangewachsen und zum Mann geworden. Aber ihm warteten die Jahre weder mit Triumphen noch mit Erschütterungen besonderer Art auf. Wegen seiner anfälligen Gesundheit vom Militärdienst freigestellt, hatte er sich lange vergeblich bei Post und Bahn um eine Stelle beworben und trat schließlich in den Dienst der Stadt ein. Im Rathaus bezog er einen Platz an einem verschrammten und tintenfleckigen Schreibtisch, er stempelte Gesuche, gab Formulare aus und schrieb Mahnungen an säumige Steuerzahler. Sein Gehalt war wie das aller hier Bediensteten mehr als bescheiden. Eine Zeitlang hoffte er, ein begütertes Mädchen als Frau zu gewinnen, aber keine der reicheren Erbinnen, deren Aufmerksamkeit er zu erregen versuchte, schien Gefallen an ihm zu finden. So ehelichte er ein armes Mädchen und gründete mit ihr einen sorgenvollen Hausstand. Mit der Zeit liefen ein paar Schulden auf. Rudolf gab sich alle Mühe, sie abzuzahlen. Doch immer wieder trat irgendein Umstand ein, der ihm neue Schulden auflud. Rudolf wurde gemahnt, mit Pfändungen bedroht, er wurde mißmutig und litt an Zuständen schwerer Niedergeschlagenheit. Seine Frau hatte unter seiner galligen Laune zu leiden.

Den Bruder Ernst bekam er selten zu Gesicht. Ernst lebte in Wien, er war oft unterwegs, immer wieder tauchte sein Name, ehrenvoll genannt, in den Zeitungen unter der Rubrik Schachnachrichten auf. Da hatte er einmal in Haag, einmal in Rom gespielt; dann wieder wurde er aus Frankfurt, dann aus San Sebastian gemeldet. Wenn er in seiner alten Heimat auftauchte – das geschah alle Jahre höchstens einmal –, konnte er wohl nicht umhin, auch seinen Bruder aufzusuchen. Dann trug er ein mißächtliches und mürrisches Wesen zur Schau. Es saß eine Stunde in der ärmlichen Wohnküche, ließ sich von der Schwägerin den hastig bereiteten Kaffee vorsetzen, er nahm nie mehr als einen Schluck von der dünnen Brühe, sich schüttelnd schob er die Tasse von sich. Auf die Kinder des Bruders blickte er mit kalten Augen. Wenn ein Kleines über den rohen und nicht ganz sauberen Estrich gegen ihn herankroch und sich, an sein Knie geklammert, aufrichten wollte, zog er das Bein unter dem Tisch zurück und duldete die Berührung nicht länger, als vor den Augen der Eltern unumgänglich war. So zeigte er den Seinen, daß er sich keinerlei Gemeinschaft mit ihnen denken konnte, daß sie ihm gleichgültig waren, daß er ihr Dasein für elend hielt, unheilbar elend und nichtig.

Auch das gemeinsame Elternhaus, die alte Hütte, wie Ernst sich ausdrückte, war die Zielscheibe des Spottes. Freilich: es hatte sich, seit die alten Corarès aus dem Anwesen herausgestorben waren, nicht eben zu seinem Vorteil verändert. Niemand hatte die Schäden ausbessern lassen, die sich mit den Jahren einstellten. Der Putz bröckelte von den rissigen Mauern, die Fußböden waren abgetreten, gesprungene Scheiben hatte man mit Papierstreifen verklebt.

Aus der guten Stube waren die wenigen schönen Erbstücke, die sie einstmals ausgeschmückt hatten, weggeschafft, sie waren verkauft oder drängenden Gläubigern überlassen worden. Jedesmal, wenn Ernst zu Besuch kam, ließ er sich den ausgeplünderten Raum zeigen, er sagte zwar kein Wort, aber Bruder und Schwägerin hörten den Vorwurf aus dem beredten Schweigen, sie hielten nur mit Mühe an sich und warfen einander flakkernde Blicke zu.

Einmal, als Ernst den Bruder aufsuchte – es war übrigens das letzte Mal und kurz, ehe das Haus unterging –, stand er auf der steinernen Treppe vor dem Tor. Im Tor hing ein hölzernes Gatterchen, wie derlei in ländlichen Gegenden im Gebrauch ist, um auch bei offenstehender Haustür den Hühnern und vielleicht Schweinen und Ziegen den Eintritt in den Flur zu verwehren.

Ernst Corarès hatte sich schon von der Schwägerin verabschiedet, er wartete nur noch auf Rudolf, der ihn zum Bahnhof begleiten sollte. Ernst schwang das Gatterchen hin und her. Mit einem Mal versetzte er ihm einen heftigen Stoß, das Ding prallte gegen den Pfosten, ein Teil brach ab, die morsche Latte blieb dem Mann in der Hand. Ernst lachte auf. Eben kam der Bruder herbei, Ernst blickte ihn an, das Lachen verschwand aus seinem Gesicht und machte einem Ausdruck wilden Ekels Platz. Er schleuderte dem Bruder das Trumm vor die Füße.

Der Bruder zuckte zusammen. Er wurde rot, dann bleich. Schweigend verließen sie das Anwesen. Rudolf trug Ernstens Reisetasche. Immer noch schweigend gingen sie ein Stück die Straße hinab. Da, bei der ersten Kreuzung, setzte Rudolf die Tasche nieder. Er murmelte etwas von Besorgung und Vergessenhaben. Dann verschwand er eilig um die nächste Ecke.

An jenem Abend irrte Rudolf Corarès lange umher. Gegen Abend erstieg er einen Hügel und blickte auf die zu seinen Füßen ausgebreitete Stadt hinab. Zwischen die graphitgrau eindämmernden Häuserblocks schnitten die hellen Bahnen der Straßen herein. Neben der Siedlung lagen die Gevierte der Felder ausgebreitet, schachbrettartig gemustert, mit einzelnen Anwesen wie mit verschiebbaren Figuren besetzt.

Sehr spät kehrte Rudolf Corarès nach Hause zurück. Das zerbrochene Gatterchen hing im Tor, und das morsche Lattenstück lag noch daneben, wie Ernst es hingeschleudert hatte. Rudolfs Gesicht verzerrte sich. Er stieg die Treppe ins Stockwerk hinauf. Hinter der Küchentür hörte er die Frau am Spülstein rumoren, er hörte die Kinder greinen, die Mutter schelten. Rudolf ging vorüber und stieg in das Dachgeschoß hinauf. Er entzündete ein Kerzenstümpfchen und leuchtete damit die alten Balken und Sparren ab. Im Luftzug erzitterten die Spinnennetze, im dürren Maisstroh raschelte der Wind . . .

Wenn Rudolf Corarès meinte, sein Bruder sei, nachdem er zu einer Berühmtheit seines Faches geworden war, an ihm gemessen ein Glückskind, so irrte er sehr. War Rudolfs Tagesarbeit schal und öde, so war, was Ernst trieb, eine verzehrende Mühsal, ja, entnervende Fron. Freilich: der Aufstieg zu ersten Meisterehren war ihm nicht schwergefallen. Sein Talent hatte ihn die unteren Stufen rasch emporgetrieben. Nun aber war er an jene Zonen gelangt, die nur von Gestirnen erster Ordnung bewohnt, durchkreuzt und verteidigt werden. Siderische Namen regierten hier: Aljechin, Bogoljubow, Euwe, Capablanca. Das waren, von allen Enden der Welt gesiebt und erlesen, die höchsten Meister, eine Gemeinschaft der Unbesiegbaren, eine Art geisterhafter Familie, in der zwar Wettstreit, aber auch Übereinstimmung herrschte, Harmonie einer echten Nobilität. Zu ihr Zutritt zu gewinnen, konnte nicht mehr Sache rechnerischer Technik allein sein. Hier galt eine höhere Gesetzlichkeit, die auch Großmut einschloß – eine Art weitschauend disponierenden Genies, an dem teilzuhaben Ernst Corarès – allen seinen Erfolgen zum Trotz – nicht so sicher sein durfte. Zwar war seine nie erlahmende Konzentration allseits bekannt, seine spitzfindig angelegten Fallen waren gefürchtet. Doch wußte er selbst nur zu gut, daß man seinen Stil eher für knifflig pedantisch als für genial, großzügig und imponierend hielt.

Ihm war klar, was ihm zur Größe jener einzigartigen Meister fehlte. Dennoch war er mit allen Fasern seines Herzens entschlossen, auch sie herauszufordern.

Der kleine, hagere Mann führte ein im Grunde elendes Leben. Gier und Angst seines ungeheuren Ehrgeizes hatten seine Züge längst geprägt. Die Haut seines hohlwangigen und finnigen Gesichtes war gelbgrau von der Luft überheizter Hotelzimmer und -hallen. Er wohnte, wenn er nicht auf Reisen war, im Hoftrakt einer kleinen düsteren Wiener Pension. Er hatte keine Frau, kein festes Zuhause, er fürchtete, Zeit und Kraft zu verlieren, wenn er sich auf Freundschaften oder auf eine Ehe einließe. Er haßte es, bei der Arbeit gestört zu werden; ein tropfender Wasserhahn, das Schnurren eines Staubsaugers im Flur, ja das Gurgeln in einem Leitungsrohr genügten, ihn in Wut und Verzweiflung zu versetzen.

Hatte er bei einem Spiel einen Fehler begangen, schoß der Haß gegen den in Vorteil gelangten Gegner wie eine Stichflamme in ihm hoch. Es war ein Haß, in den Selbsthaß gemischt war und der ihn alle Kräfte aufbieten ließ, bis er dem Gegner nicht nur den Vorteil abgerungen, sondern ihn, womöglich Schach auf Schach bietend, in einer Kette demütigender Zwangszüge über das Brett gejagt und endlich mattgesetzt hatte.

Nun endlich, auf der Schwelle zu seinem fünften Lebensjahrzehnt, stand er vor der höchsten Entscheidung. Er war zum Sechserturnier um die Ehre des Weltmeisters eingeladen worden.

Damals ereignete sich in unserer, also auch in Corarès', Heimatstadt eine Reihe erregender Katastrophen. Jahrelang war die Gegend von keinem größeren Brandunglück betroffen worden. Jetzt ging eine Feuersbrunst nach der anderen auf. Als das erste Haus niederbrannte, hielt man es für einen unglücklichen Zufall, dachte an Kaminschaden oder Kurzschluß. Doch als nach kurzer Zeit das zweite und nach Stunden schon ein drittes ein Raub der Flammen wurde, erfaßte die ganze Bevölkerung Entsetzen. Hier mußte Brandstiftung vorliegen. Die Gendarmerie des ganzen Landes wurde aufgerufen, nach dem Täter zu fahnden. Die Bürgerschaft griff zur Selbsthilfe, man stellte Wachen auf, Nacht für Nacht blieb man abwechselnd auf den Beinen, umkreiste das eigene Haus, lauschte nach jedem verdächtigen Schritt. Und doch schlug die Feuerglocke wieder an, die Sirene heulte über die Dächer: heute prasselte Glut aus einer strohgefüllten Tenne, morgen aus einer Werkstatt; eine Woche später konnte sich eine vierköpfige Familie mit knapper Not aus ihrer Blockhütte retten.

Eins schien allen gewiß: wenn der Täter nicht ein Narr war, der nur das Schauspiel der Verheerung genießen wollte, mußte er ein abgefeimter Klügler und Rechner sein. Es mußte einer sein, der aus dem Rösselsprung des Verderbens irgendeinen Vorteil ziehen wollte. Wie begreiflich, setzte aus Stadt und Land ein Sturm auf die Büros der Versicherungsgesellschaften ein, man drängte im Zug der Panik auf Änderungen der Policen, auf Erhöhung der Versicherungssummen, um für den drohenden Fall vorgesorgt zu haben. Doch eben das, so nahm man an, bezweckte der Brandstifter, und man hielt es für sicher, daß auch er unter den Antragstellern sei und eines Tages sodann, wenn er sein eigenes Haus angesteckt habe, eine hohe Summe zu kassieren hoffe.

Eines Nachts erscholl auch in unserer Nachbarschaft der gellende Ruf: Feuer! Feuer! Aus dem Anwesen der Corarès stob ein Funkenschwarm und, vom Westwind getrieben, wälzte sich glutroter Qualm. Eine Frauengestalt, zwei Kinder im Arm, stürzte schreiend in den Hof. Ehe man die Schläuche herangefahren und die Pumpe in Bewegung gesetzt hatte, war das ganze Haus von dem rasenden Feuer verschlungen.

Ich bin am Ende meiner Geschichte, denn was nun folgte, ist leicht zu erraten. Denn wirklich hatte auch Rudolf Corarès die Versicherung seines Hauses bis an die zulässige Grenze hochgetrieben. Als man ihn und seine Frau aufs Korn nahm, wurde ihm die Aussage der Ahnungslosen zum Verderben. Das fein gesponnene Netz seiner Berechnung zog sich rasch über seinem Kopf zusammen. Nicht nur, daß ihm die Brandstiftung an seinem eigenen Haus nachgewiesen werden konnte, auch der Verbrechen, die er zur Verschleierung seines Vorhabens begangen hatte, wurde er rasch überführt. Von allen seinen Mitbürgern verflucht, wurde er dem Gericht überantwortet.

Die Nachricht von seiner Verhaftung erreichte Ernst Corarès auf der Fahrt von Calais nach Dover. In London fand das Turnier der Sechs um den Titel des Weltmeisters statt. Ernst Corarès nahm daran nicht teil. Niemals errang er den Weltmeistertitel. Sein Name verschwand aus der Liste der Schachmatadore, er sank in ein glanzloses Leben der Armut und Namenlosigkeit zurück.

Das Testament

Madame Griffon erwachte so jäh, als hätte ihr jemand einen nassen Lappen ins Gesicht geklatscht, und in derselben Sekunde war ES auch wieder da, es riß sie förmlich aus ihrem Bett: HEUTE! Heute oder nie. Heute war der Tag, auf den es ankam; nur heute war es noch möglich (*wenn* es noch möglich war). Morgen würde es schon zu spät und alles versäumt und verloren sein. Madame Griffon war schon zum Telephon geeilt. Sie riß die Muschel ans Ohr und ließ mit fliegenden Fingern die Wählscheibe kreisen. Atemlos stierte sie auf die Wand, während der rhythmische Summton kam, wiederkam, wiederkam. Endlich eine Stimme: »Hier Hospital Saint Guillaume, Abteilung 14. Bitte –?«

Madame Griffon mußte erst schlucken, bis sie ihren Namen hervorbrachte; dann flötete sie einschmeichelnd: »Sind Sie es, Schwester Monique?« – »Ja.«

»Wie geht es Madame Colombe?«

»Madame Co-lombe-?« Der gedehnte Tonfall ließ Madame Griffon zusammenschaudern.

»Ja, von Nummer sieben. Wie geht es ihr?«

Wieder ein Zögern. »Ich weiß es nicht. Ich muß erst fragen.«

Madame Griffon, beinahe röchelnd: »Ja, bitte, bitte, fragen Sie!«

In ihrem Kopf dröhnte die Furcht: War es etwa schon vorbei? Atemlos lauschte sie in die Muschel. Im Hintergrund des Tonraums klapperten Schritte, rasselte Besteck, wechselten Worte hin und her. Endlich war Schwester Monique wieder am Draht. »Es geht nicht schlechter als gestern.«

»Sie lebt also noch?«

»Aber gewiß.«

»Ah!!!« Madame Griffon wankte vor Erleichterung. Ihr »Merci« sprach sie nicht mehr in den Apparat, sie war schon zur Tür gerannt, hatte sie aufgerissen und stürzte durch den Flur. »Lucien, Violette, Violette, Lucien, wir fahren, wir fahren.«

Zehn Minuten später war Madame Griffon schon fertig: angezogen, frisiert, in Mantel und Hut. Das Frühstück war auch schon gemacht, sie aßen stehend in der Küche, obgleich im Eßzimmer bereits gedeckt war (die Hausdame deckte immer schon am Abend). Aber sie nahmen sich nicht mehr die Zeit, hineinzugehen und sich niederzusetzen, sie schluckten und schlangen zwischen Herd, Spülbecken und Frigidaire; Lucien zog sich dabei die Hose an, und Violette zwängte ihre dicken Beine in hohe Lackstiefel; sie sprachen wenig miteinander, nur kurze, abgerissene Sätze – was wäre auch noch zu besprechen gewesen über den Zweck ihrer Fahrt? Es war alles ab- und durchgesprochen, durchgehechelt in endlosen Sitzungen, gestern, vorgestern, ja, schon seit Wochen, im Grunde schon seit Jahr und Tag, seit die wohlhabende Cousine, Madame Colombe, verwitwet, seit ihre einzige Tochter verstorben war und – in einer Art euphorischen Hoffnungstaumels – seit es ruchbar geworden war, daß Madame Colombes letzte Operation (ihre vierte) einen sehr üblen Befund ergeben hatte. Jetzt aber waren die Griffons von Wut und Verzweiflung erfüllt, denn sie waren benachrichtigt worden, daß die Feindin im Anmarsch war, nämlich Madame Colombes einzige Schwester aus Südamerika, die einzige, die als konkurrierende Erbin ernsthaft in Frage kam. Ihre Ankunft war für heute oder morgen angesagt.

Seit Jahren lebte diese Schwester in Paraguay, irgendwo im Urwald bei ihrem Sohn, der sich dort als Arzt für die Wilden betätigte und sich dabei auch schon etliche Tropenkrankheiten eingehandelt hatte. Aber er blieb bei seinem Tick und spielte weiter den Menschenfreund – und sollte sich sogar mit irgendeiner braunschwarzen Zottelhexe verheiratet haben. Madame Colombe war dieser Schwester immer sehr zugetan gewesen, und es konnte gar kein Zweifel daran bestehen, daß sie ihr den Großteil ihres Vermögens zugedacht hatte.

Überdies war Madame Colombe schon immer gern und ausgiebig als Wohltäterin aufgetreten. Sie liebte es ja, ihr Vermögen dahin und dorthin zu verteilen; so sollte sie einer alten Hausangestellten ein Legat versprochen haben, auch einer armen Nichte, dazu einer nahen Abtei, bei deren Patres sie großes Ansehen genossen hatte.

Das alles war der Familie Griffon schon lange ein Dorn im Auge. Sie verlachten Madame Colombe, wenn diese Sonntag für Sonntag zur Kirche fuhr und wenn sie zu Weihnachten, Ostern und Nikolaus Waisenhäuser und Kinderdörfer besuchte, natürlich mit Geschenken beladen. Die Familie Griffon hatte nichts übrig für solche Sentimentalitäten. Darum hatten sie Madame Colombe einmal sogar mit einem Prozeß gedroht, weil sie mit ihrem Wohltätigkeitsgebaren die gemeinsame Firma belastet habe.

Nun aber ging es ums Ganze, und die Griffons gerieten ins Bibbern, wenn sie sich vorstellten, daß der ganze schöne Segen verzettelt, ins Ausland verschleppt und dort womöglich unter irgendwelchen Kanaken verschleudert werden würde.

Darum galt es zu handeln, augenblicklich.

Sie hatten lange überlegt und alle Möglichkeiten vorbedacht, alle zu erwartenden Umstände erwogen, auch alle Nachrichten eingeholt, die nur irgend zu erhalten waren, vor allem die, die den Verlauf von Madame Colombes Krankheit betrafen. Sie hatten sie besucht und in Augenschein genommen, wie es um sie bestellt war, und hatten bei den behandelnden Ärzten auf den Busch geklopft.

Nun, nach der vierten Operation, hielten sie den Zeitpunkt für gekommen. Die Kranke war genug zermürbt von Schmerzen, Schwäche und den Folgen der Narkosen – und dennoch nicht schon gänzlich abgesackt und unansprechbar; sie befand sich also in einem Zustand zwischen Apathie und Agonie, widerstandslos, trotzdem mit einem Rest von Bewußtsein. So konnte es möglich werden, zu gewinnen und die Unterschrift zu erreichen, die alles umstürzen würde, die Unterzeichnung eines neuen, von ihnen, den Griffons, formulierten Testaments.

Dieses Papier lag seit langem bereit, sie hatten es mit einem befreundeten Anwalt aufgesetzt und genauestens ausgetüftelt, Wort für Wort, Satz für Satz, und in endlosen Beratungen hin- und hergewendet, damit nur ja nichts fehlte, damit keine Lücke blieb, keine Schwachstelle, in die sich dann, wie zu erwarten, Widerspruch und Anfechtungen einbohren könnten.

Schon seit längerer Zeit und mit wachsender Intensität hatten die Griffons begonnen, alles, was Madame Colombe gehörte, als ihr künftiges Eigentum zu betrachten, abzuschätzen und sich seine Nutzung vorzustellen. Seit die Verwandte im Krankenhaus lag, hatten sie sich sogar unter allerlei Vorwänden Zutritt zu ihrer Wohnung verschafft. Dort waren sie umhergegangen und hatten Bilder, Teppiche und Möbel so ungeniert untersucht, wie sie es schon längst tun zu können gewünscht hatten. Sie hatten über den Wert des offen daliegenden Schmuckes spekuliert.

Doch von alledem, was sie bereits als ihr Eigentum betrachteten, von Madame Colombes Häusern, Wertanlagen, Konten und ihren Anteilen an der gemeinsamen Fabrik, trennte sie in Wirklichkeit noch immer ein Stück Papier, genauer gesagt, nur eine Unterschrift, ein Tintenkrakel, zwanzig Buchstaben umfassend, eine Bagatelle – oder nicht?

Madame Griffon hatte das auf Bütten geschriebene, in Bütten kuvertierte Schriftstück in ihrer großen schwarzen Krokotasche verwahrt und das schwere Messingschloß darüber zuschnappen lassen. In höchster Eile bestiegen sie den Wagen. Madame Griffon warf einen besorgten Blick auf das Gesicht ihres Sohnes, es war käseweiß: Konnte er fahren? Der arme Junge, er hatte wohl Angst vor der eigenen Courage. Aber die Schwiegertochter Violette war auch keine bessere Fahrerin, erst neulich hatte sie dem teuren Zweitwagen den Garaus gemacht, überdies war sie schwanger; es war besser, wenn sie hinten saß.

Madame Griffon setzte sich neben ihren Sohn. »Fahr schnell, mein Lieber, aber nicht zu schnell!« So – an ihrer Seite – glaubte sie ihn gestärkt, von der Glocke mütterlicher Autorität umschlossen, angestrahlt von ihrer eigenen wilden Entschlossenheit und damit zielgerichtet auf das, was sie wollte. Sie wollte es nur für ihn.

Sie preschten los, zuerst das schluchtartige Waldtal entlang, in dem die Fabrik lag, ihr Wohnhaus und auch die Villa, die Madame Colombe gehörte. Dann bog die Straße nach links und mündete in die Autobahn, die den Fluß abwärts führte, immer abwärts bis in die Vororte von Paris.

Irgendwo hielten sie, ein Mann stieg zu, er hatte, wie verabredet, an der Straße auf sie gewartet: Luciens Freund, der Rechtsanwalt. Er sollte den ordnungsgemäßen Verlauf verbürgen, daß nichts fehlte, keine Klausel, kein Komma, es mußte alles hieb- und stichfest sein, es mußte klappen.

Es brauchte nicht mehr viel geredet werden auf dieser Fahrt, die Rollen waren verteilt, nur Violette begann immer von neuem zu schnattern: »Was ist, wenn sie nun doch nicht will? Was ist, wenn die Schwester schon da ist? Was ist, was ist . . .?«, bis Madame Griffon sie anfuhr: »Wenn du nur endlich den Schnabel hieltest, blöde Pute!«

Endlich waren sie da. Sie fuhren in das Gelände des Hospitals hinein, ein ausgedehntes, mit Parkanlagen bestelltes Grundstück, und dort – auf der höchsten Hügelkuppe – stieg das turmartig hohe Gebäude auf, die chirurgische Abteilung, in der Madame Colombe ihrem Ende entgegenlitt.

Sie parkten den Wagen und fuhren mit dem Aufzug in das neunte Stockwerk, in zwei Partien, weil sie die Kabine mit anderen teilen mußten, und vor dem Krankenzimmer versammelten sie sich noch einmal. Lucien und Violette sollten als erste eintreten, sie waren jung, sie wirkten unverfänglicher, sie hatten Madame Colombe auch sonst dann und wann besucht. Madame Griffon sollte noch eine Weile warten, als letzter würde dann der Rechtsanwalt eintreten, erst zur Unterschrift, wenn fast alles schon gelaufen war.

Lucien und Violette verschwanden hinter der weißlackierten Tür. Madame Griffon begann den Korridor auf und ab zu wandern. Sie zitterte. Mit fiebernden Händen zerknüllte sie ihr Taschentuch. Dann begann sie, es zu zerreißen. Als ihr der junge Rechtsanwalt – dümmlich lächelnd – eine Zigarette anbot, war sie nahe daran, ihm die Packung ins Gesicht zu werfen.

Eine Stunde später war es geschafft.

Die weißlackierte Tür fiel hinter ihnen ins Schloß. Lucien wischte sich den Schweiß ab. Der junge Rechtsanwalt war übel gelaunt. Violette kicherte hysterisch vor sich hin. Madame Griffon hatte das Gefühl, vollkommen erschöpft und in Stücke geschlagen zu sein. Sie hätte sich gern an den Arm ihres Sohnes gehängt, aber der lief zehn Schritte vor ihr her und sah sich nicht um. Den Arm des Anwalts zu nehmen, widerstand ihr. So preßte sie nur die Krokotasche an sich, die große schwarze, in der das Papier steckte mit der millionenschweren Unterschrift. Sie preßte die Tasche an ihre Brust und die Messingschließe an ihre Lippen, und einige Sekunden lang hatte sie das Gefühl, ein lebendiges Wesen an sich zu pressen, das einzige lebendige Wesen, das noch zu ihr gehörte. Sie verließen das Gebäude und gingen auf ihr Auto zu.

Da geschah es: Violette und der Rechtsanwalt hatten schon Platz genommen, und Lucien und seine Mutter waren eben dabei, da tauchte unten auf dem weiten kiesbestreuten Rondell eine einsame khakifarbene Gestalt auf, eine alte untersetzte Frau in einem langen, weiten, höchst unkleidsamen Mantel, in breiten absatzlosen Schuhen, ein kleines Köfferchen in der Hand.

Sie kam mit eiligen, wenn auch leicht schlürfenden Schritten herauf, das graue Haar hing ihr unter dem zerknitterten Leinenhut strähnig ins Gesicht. »Mama!« rief Lucien. »Sieh hin! Mama, ist das nicht –?«

Aber Madame Griffon hatte die Frau schon gesehen. Auch Violette war aufmerksam geworden, schließlich sogar der junge Anwalt. Alle vier verfolgten die Figur, wie sie den Platz überquerte und das Tor des Gebäudes erreichte, wie sie sich durch die Schwingtür schob, verschwand und dann, vor der Portiersloge, noch einmal auftauchte.

Die vier im Auto rührten sich nicht. Sie warteten. Die Auskunft an der Portiersloge schien kurz und bündig zu sein, denn die Frau bückte sich, nahm ihr Köfferchen auf und lief auf den Lift zu. Der Liftschacht aus grauem Glas war der Fassade vorgebaut, in ihm bewegte sich die Kabine als dunkler Schatten. Nun war sie unten, die Frau konnte einsteigen, und gleich darauf ging die Kabine hoch – bis in das neunte Stockwerk.

»War sie das?« rief Violette. »War sie das wirklich?« – »Wer sonst?« schrie Lucien und lachte, auch seine Mutter lachte, selbst der Anwalt stieß einen kurzen meckernden Laut aus. Lucien gab Gas und riß den Wagen in die Kurve, die Räder quietschten, der Kies spritzte auf.

Da bog der große grüne städtische Sprengwagen aus der Allee.

Gerade, als die alte Frau oben aus dem Aufzug trat, erscholl der schwere, metallisch klirrende Schlag. Die Leute im Korridor stürzten an die Fenster, sie schrien und gestikulierten. Obwohl die alte Frau, halb betäubt von Müdigkeit, Angst und Kummer, nichts mehr anderes denken konnte, als nur möglichst rasch zu ihrer sterbenden Schwester zu gelangen, ließ sie sich doch soweit ablenken, daß sie für einige Sekunden an das nächste Fenster trat, um gleichfalls hinunterzuschauen.

Was sie erblickte, war beinahe komisch anzusehen: Der große Sprengwagen hockte mitten in dem Rondell quer zur Allee-Einfahrt wie ein riesiger grüner Käfer, in dessen Rüssel sich ein kleinerer schwarzer Käfer gebohrt hatte. Der kleinere war aufgeplatzt, seine Türen standen weg wie zerfetzte Stummelflügel, und rechts und links hingen Beinchen heraus, bewegungslos. Eins davon war in eine graue Anzughose gekleidet, auf der andern Seite sah man ein bis an die Leiste entblößtes pralles Frauenbein, das in einem modischen Lackstiefel steckte.

Die alte Frau am Korridorfenster murmelte etwas und wandte sich kopfschüttelnd ab. Sie sah nicht, was weiter geschah, wie die ersten Helfer herbeirannten, wie der Sprengwagenfahrer taumelnd und blutverschmiert aus seiner Kabine kroch; noch weniger sah sie, daß weit weg, am Alleerand eine Damenhandtasche lag, aus Krokoleder mit Messingschloß. Sie war aufgesprungen, und ihr Inhalt lag weit verstreut.

Irgend jemand klaubte später zusammen, was da lag, und übergab es mitsamt der Tasche der Polizei. Aber er übersah dabei den unter einen Busch geratenen, großen, verschlossenen Büttenumschlag mit der Aufschrift: MEIN TESTAMENT.

Die kleine schwarze hölzerne Hand

Die Siedlung unter dem alten Salzbergwerk liegt eng zusammengedrängt zwischen Fels und See. Fast alle Jahre geschieht es, daß ein Steinschlag in eine der schmalen Gassen niedergeht, und nicht selten löst sich sogar ein größerer Block und prallt polternd in ein Haus.

Ehe der Tunnel gebaut wurde, der die neue Straße heranführt, war der Ort oft schon im Frühwinter durch Lawinenstriche von der Welt abgeschnitten. Dann wartete man mit Ungeduld darauf, daß der See so fest zufror, daß Post und Zeitungen und, wenn nötig, auch einmal ein Arzt über das Eis geholt werden konnten.

Monatelang, vom Spätherbst bis gegen Ostern, liegt der Marktflecken im Schatten der Berge. Nur die Schule am Eingang des Echerntals bekommt sogar noch im Dezember zu Mittag ein Streifchen Sonnenlicht; es ist eine Schule für Handwerkslehrlinge, für angehende Tischler, Drechsler und Holzschnitzer.

Vor fünf Jahrzehnten hatte der alte Bildhauer diese Schule besucht. Seine Eltern waren arme Leute gewesen, die das vorgeschriebene Schulgeld nicht aufbringen konnten. Doch weil sich in dem Heranwachsenden schon der künftige Meister gezeigt hatte, wurde ihm der Schulbesuch trotzdem ermöglicht. Dafür blieben seine Werkstücke in der Anstalt, in der Verwahrung des Direktors, und wurden bei Gelegenheit an andere Leute weitergegeben oder sogar verkauft. Bezahlung erhielt der Junge keine dafür. Nachdem er seine Lehrzeit abgeschlossen hatte, verließ er den Ort und das Land und vollendete seine Studien in München.

So erfuhr er nichts von den Dingen, die sich weiterhin in seinem Schulort abspielten und hier für Aufregung sorgten. Da war ein Mann verschwunden, der in der kleinen Sparkassenfiliale des Marktfleckens als Kassierer gearbeitet hatte. Durch sein Verschwinden aufgeschreckt, untersuchte man die Bücher und siehe! – es gab Posten, die ungedeckt erschienen und den Verdacht bestärkten, der Kassierer habe sich unrechtmäßig bereichert und dann mit dem Geld das Weite gesucht. Die Sache schien sonnenklar, und andere Möglichkeiten wurden nicht mehr erwogen. Die Frau des Kassierers beschwor zwar, sie werde niemals an die Schuld ihres Mannes glauben, doch man verlachte sie nur und spottete hinter ihr her.

Mit Müh und Not, mit Putz- und Näharbeit brachte sie sich mit ihren Kindern durch. Als diese erwachsen waren, verließen sie den Ort; sie nahmen die Mutter mit, aber sie konnte sich an die neue Umgebung nicht mehr gewöhnen und kehrte so bald als möglich in das triste Ausgedinge zurück. Dort lebte sie nun, halb erblindet und von der schweren Arbeit krumm geworden, unbeachtet als Ortsarme immer noch im Schatten des alten Verdachts.

Seit dem Verschwinden des Sparkassenkassierers waren mehr als fünf Jahrzehnte vergangen, da pochte eines Tages ein Mann an die Ateliertür des Bildhauers. Als ihm geöffnet wurde, sagte er: »Verzeihen Sie, Herr. Ich kenne Sie nicht, und Sie kennen mich nicht, mein Name ist so und so, aber er tut nichts zur Sache . . .«

»Ja – und was gibt's?« fragte der Bildhauer.

»Ich möchte Ihnen etwas zeigen und Sie fragen, ob Sie das Ding da kennen.« Dabei zog der Mann ein kleines Photo aus seiner Brieftasche und hielt es dem Bildhauer hin.

Der nahm es, trat ans Licht und sagte: »Oh, das ist doch . . . Wie kommen Sie denn dazu?«

»Ich hab's mir doch gedacht, und die anderen haben es auch gedacht, daß Sie das waren, Herr, der das Ding da geschnitzt hat; kein anderer hätte das so gekonnt wie Sie.«

»Ist aber lange her«, sagte der Bildhauer. »Himmel, wie lange! Da war ich ja fast noch ein Kind.«

»Ein Kind grad auch nicht mehr«, widersprach der andere. »Sechzehn vielleicht – oder siebzehn . . .«

»Kommen Sie doch herein«, sagte der Bildhauer, »und setzen Sie sich. Ich glaube, Sie haben mir etwas zu erzählen.«

»Jaja, zu erzählen!« nickte der Mann, »eine lange Geschichte«. Der Bildhauer bot ihm einen Stuhl an und setzte sich auch. Zwischen ihnen stand eine Lampe. Der Bildhauer schaltete sie ein und hielt das Photo in den Lichtkreis. Er betrachtete es lange. Es zeigte eine sitzende Madonna aus Holz, halblebensgroß, mit dem Kind im Arm. Das Holz war rissig, schwärzlich verfärbt, wie von fließendem Wasser ausgewaschen. Von der Schulter der Figur verlief quer durch die Brust und den reichlichen Faltenwurf des Mantels ein fingerbreiter Spalt.

Trotzdem war die Form unverkennbar.

Da sagte der Gast: »So wie sie hier auf dem Bild ist, die Madonna, so ist sie nicht mehr. Wir haben sie richten lassen, jetzt ist sie wieder schön und in Farbe, sie soll ja endlich an ihren Platz, für den sie bestimmt war.« Und er zog ein zweites Photo aus seiner Brieftasche und hielt es dem Bildhauer hin. Der warf nur einen kurzen Blick darauf und sagte: »Nun reden Sie endlich und lassen Sie mich hören!«

»Ich komme aus Hallstatt«, sagte der Mann, »ich könnte ja längst woanders leben, in Wien oder in Salzburg, aber ich bin ein Bergfex. Ich kann's halt nicht lassen: Wenn ich nicht alle Sonntag' hinauf kann in die Höhe, da freut mich das Leben nimmer.«

Der Bildhauer nickte zerstreut. »Nun«, sagte er, »da sind Sie ja in Hallstatt mitten drin.«

»Ja, mitten drin, Sie sagen es. Und am liebsten ist mir, Sie werden das verstehen, der Dachstein. Ein herrlicher Berg. Vor allem, wenn man vom Gosausee aufsteigt . . . Gibt es was Schöneres?«

Der Bildhauer schwieg. Er war kein Bergsteiger.

»Und dann, das große Eis, das Karlsfeld . . . Die Leute sagen: ein Schinder. Aber mir tut das wohl, mich mal so richtig durchzupumpen.«

»Aha«, sagte der Bildhauer und wedelte mit dem kleinen Photo, als wollte er sein Gegenüber mahnen, sich nicht ins uferlose zu verlieren.

Der andere verstand. Er fuhr fort: »Ja, und da war ich vor drei Monaten unterwegs, um es genau zu sagen, am 9. Juni; ein heißer Tag nach vielen anderen warmen Tagen. Der Gletscher war naß. – Ich habe eine andere Route genommen, nicht die gewöhnliche, die alle laufen. Und da seh' ich – seh' ich auf einmal vor mir einen schwarzen Fleck. Pfui Teufel, denke ich, wer hat da mitten in der heiligen Gotteseinsamkeit einen Mist auf den Firn gesetzt? Aber wie ich näher daran war, war es kein Mist. Es war eine kleine schwarze hölzerne Hand.«

»Ach«! sagte der Bildhauer. »So was!«

»Ja, so was! Das dacht' ich auch – und wollte sie aufheben. Aber das ging nicht, sie steckte fest. Nun hab' ich angefangen, an dem Firn zu kratzen und zu scharren. Da kam ein Arm zum Vorschein – und immer mehr: die Mantelfalten und das Kind. Ich war schon müde vom Kratzen und Scharren und hab' eine Pause eingelegt.«

»Und weiter?« fragte der Bildhauer, nun mit einem Ausdruck großer Spannung.

»Und wie ich wieder zu scharren anfange, kommt mir plötzlich ein Leder in die Hand, ein lederner Riemen, wissen Sie, wie sie früher an Rucksäcken üblich waren, und da fährt's mir durch den Kopf: Da liegt nicht nur eine Figur im Gletscher, da liegt noch was anderes.«

Der Bildhauer hob den Kopf, jäh, als wäre ein Gedanke in ihm aufgezuckt, und seine Lippen formten ein Wort, ohne es laut werden zu lassen.

»Ein Mensch!« Der Fremde sprach es aus. »Und da hab' ich gleich gewußt, den kann ich heute nicht mehr ausgraben, und bin gegangen, Hilfe zu holen.

Am anderen Tag war schlechtes Wetter eingefallen, es hat in der Höhe sogar etwas geschneit. Aber zum Glück hab' ich die Stelle gut markiert. Zwei Leute von der Bergwacht waren mit mir und ein Gendarm aus Obertraun. Die haben Pickel und Schaufel mitgebracht und einen Tragsack, und so waren dann bald beide ausgegraben, die Madonna und der Mann, der an ihr hing, weil sie außen an seinen Rucksack geschnallt war.

Der Mann war ganz zusammengeschnurrt, schwarz und braun im Gesicht. – An seinen Schuhen merkten wir gleich, der mußte schon lange im Gletscher gelegen sein, er hatte Genagelte an den Füßen, wie sie schon lange nicht mehr hergestellt werden, und auch die Knöpfe an seinem Wams waren von Anno dazumal.«

»Und?« fragte der Bildhauer. »Hat man ihn erkannt?«

»Ja, man hat ihn erkannt«, erzählte der Gast weiter. »Er hatte noch einen Ehering am Finger, und wie man den abgezogen hat, war der eingravierte Namen noch gut abzulesen und auch das Datum der Eheschließung. Da war es dann leicht festzustellen, wer der Tote gewesen ist.

Im Tal haben sie sofort auf den verschwundenen Kassierer geraten. Ältere Leute konnten sich ja noch erinnern – an ihn und daran, was man damals von ihm gehalten hat. Da ist eine große Aufregung entstanden unter den Hallstättern und auch bei den Direktoren der Sparkasse. Sie haben ihn gleich für einen Dieb gehalten, damals, bloß weil er nicht wiedergekommen ist, bloß weil man sich nicht erklären konnte, wo er geblieben war. Seiner Witwe und ihren Kindern hat man jede Unterstützung verweigert, daß sie in Armut leben mußten, jahrzehntelang. So hat man unrecht getan, ihm und den Seinen. Ein braver Mann ist er gewesen, das war jetzt erwiesen, und hätte man damals genauer nachgeforscht in den Büchern der Sparkasse, so hätte es sich gewiß herausgestellt, daß nichts fehlte oder daß sich ein anderer vergangen hat.

Man hat den Toten in der Kirche aufgebahrt und ein feierliches Requiem für ihn gelesen. Der Bezirkshauptmann ist gekommen und hat mit dem Bürgermeister zusammen die Frau in den Betstuhl geleitet – und nach der Messe wieder hinaus, und vor der Kirchentür haben ihr beide sogar die Hand geküßt.

Sie hat die ganze Zeit nur still vor sich hin geweint. Dann sind zwei Herren aus Wien erschienen und haben ihr einen großen Scheck überreicht, kurzum, man hat alles getan, was man tun konnte, um das alte Unrecht wiedergutzumachen. Freilich – die Jahre der Not und das lange Leid, das hat man ihr nicht abnehmen können.«

»Nein«, sagte der Bildhauer, »das hat man ihr gewiß nicht mehr abnehmen können.«

Die zwei Männer schwiegen eine Weile.

Dann sagte der Bildhauer: »Und was war's denn mit der Madonna? Warum hat er sie über den Gletscher getragen?«

»Das war uns auch ein Rätsel«, antwortete der Gast mit jetzt lebhafter Stimme, »ein Rätsel, bis uns ein Zufall weitergeholfen hat. In einem uralten Buch des Hallstätter Alpenvereins haben wir nämlich eine Notiz gefunden darüber, daß man damals in den zwanziger Jahren unter den Gipfelfelsen des Dachsteins eine Stelle errichten wollte, wo Messen gelesen werden könnten, auf einer Art Altar, und da hatte man sicher vor, auch eine Figur aufzustellen, eine Maria. Aber woher sollte man sie nehmen? Da hat man wohl in der Schule angeklopft und bekommen, worum man bat: Ihre Madonna, Meister.«

Über das Gesicht des Bildhauers huschte ein Schatten. »Sie war aber schwer«, sagte er, »zu schwer, um hinaufgeschleppt zu werden: aus Eiche.«

»Ja, aus Eiche«, antwortete der Gast. »Deshalb ist der Mann ja wohl auch in eine Gletscherspalte gestürzt.«

Der Schatten in des Bildhauers Augen vertiefte sich. Er murmelte etwas. Es war nicht zu verstehen.

»Aber jetzt«, fuhr der andere mit plötzlich freudig aufstrahlender Miene fort, »jetzt soll sie wirklich hinauf, die Madonna, endlich. Der Platz ist schon hergerichtet, eine Nische unter den Gipfelfelsen, dort kann dann Gottesdienst gehalten werden, ein paarmal im Sommer für die Bergsteiger, die oben sind, und auch für die, die der Berg genommen hat. Nächstens wird eingeweiht, und es wird ein großes Fest sein, ein ganz großes. Und ich bin gekommen, Sie zu fragen, Meister, ob wir Sie droben auch erwarten dürfen.«

Der Bildhauer senkte den Kopf. Er fühlte sich schon lange nicht mehr gesund. »Nein«, sagte er, »ich glaube nicht. So hoch getraue ich mich nicht mehr hinauf.«

»Schade!« sagte der Gast und stand auf, »sehr schade. Dasselbe hat uns die Witwe gesagt.«

»Sehen Sie!« sagte der Bildhauer, »da geht es uns beiden gleich.«

»Leben Sie wohl«, sagte der Fremde.

»Kann ich das Photo behalten?« fragte der Bildhauer.

»Ja, gerne!« antwortete der andere. »Beide können Sie behalten.«

»Ich will nur das eine«, sagte der Bildhauer und steckte das kleinere Bild in seine Brusttasche, das mit der Maria, wie sie oben im Eis gefunden worden war, dunkel verfärbt und vom Schmelzwasser ausgewaschen, mit dem tiefen Riß quer durch die Brust.

Durststrecken

Ihr Zuhause war der Knast; nicht die Zellen natürlich, diese Löcher voll Jammer und Gestank; auch nicht die Werkstätten mit dem verrotteten Gerät und den halb- und ganzkaputten Maschinen; geschweige denn die Keller unten, die KORREKTIONSRÄUME genannt wurden oder ERMITTLUNG oder einfach DIE SCHNAUZE.

Zu Hause waren die drei in ihrem Dienstzimmer, dieser gemütlichen Bude, drei Türen weit von der schon eher wieder ungemütlichen Direktionskanzlei, wo der Genosse Chef hinter seinen Aktenstapeln thronte oder auf dem rotplüschenen Sofa lümmelte, das Bild des Staatspräsidenten und Parteivorsitzenden hinter sich. Diesen Raum betraten die drei nicht gern, er war für sie ein bedrohliches Revier, obgleich selbstverständlich auch in ihrem Dienstzimmer dasselbe Bild hing, nur etwas kleiner und bescheidener gerahmt.

Aber da war doch die grünbeschirmte Zuglampe über dem quadratischen Ecktisch, daneben der Gasrechaud, zum Kaffeekochen; da war die Schnapsflasche griffbereit und doch gut versteckt unter der Sitzbank, und da waren die Kartenspiele; dazu der im Winter vor Hitze blubbernde Ofen. Das alles tat gut –

Es tat gut, wenn man nach langen Rundgängen durch das Haus durchgefroren zurückkam und die Schlüsselbunde in den Kasten hängen durfte. Vaša zog dann immer sofort seine Stiefel aus und schlüpfte in die Babuschen. Er hängte seinen Uniformrock an den Haken und saß dann in Hemdsärmeln und Hosenträgern da oder in seiner alten grauen, geflickten, wollenen Weste. Das wagten die beiden anderen nicht, weder Jan noch Mirko, sie waren auch noch nicht so lange im Dienst. Die drei waren Freunde und hudelten, wenn es nur irgendwie anging, ihre Dienststunden gemeinsam herunter, damit ihnen dann Zeit blieb, beisammenzuhocken unter der grünen Lampe und Schafskopf zu spielen, Schafskopf, Schafskopf – bis zur Blödsinnigkeit.

Dazwischen redeten sie von denen, die über ihnen saßen im ersten, zweiten und dritten Stockwerk, in den je zweireihig aufgefädelten Zellen; manche saßen allein, andere zu fünft, acht und zehnt: vier Mörder und zwei Hundertschaften Diebe und anderes Gesindel, dumme Hunde darunter, die in die Patsche geraten waren, Gott weiß wie. Aber die Dümmsten, darüber war sich das Trio einig, die Dümmsten waren die Politischen, vollständige Idioten! Wie konnte man denn nur so blöde sein, sich für ein paar freche Bemerkungen oder für eine Handvoll Flugzettel einnähen zu lassen in den Knast! Und dabei womöglich Kopf und Kragen zu riskieren. Das war kompletter Irrsinn, und es geschah ihnen recht, wenn man sie karniffelte, mehr und peinlicher karniffelte als alle die Diebe, Räuber, Hehler, Scheckfälscher und Heiratsschwindler; sogar die Mörder waren besser dran. Nur besser? Nein, sogar sehr gut, denn man hatte Respekt vor ihnen. Sie hatten doch wirklich etwas geleistet!

Am häufigsten aber redeten die drei über Karel.

Karel war ihnen ein Dorn im Auge – oder ein Haar auf der Zunge. Das tut zwar nicht weh, aber es sitzt quer, und man kann's nicht lassen, danach zu pulen, bis man es losgeworden ist, wenn man es los wird . . .

Also Karel – das Haar auf der Zunge. Seit drei Monaten eingelocht ohne Gerichtsverfahren, auf unbestimmte Zeit. Ein Politischer, ein Renitenter, der sich weigerte auszusagen, zur Sonderbehandlung bestimmt in der SCHNAUZE, doch ehe es dazu kam, ein neuer Ukas aus Prag, ebenfalls höchst geheim: nein, keine SCHNAUZE. Dafür: DIE KUR. Aha, die Kur! Dabei blieb es dann. Und jetzt saß dieser Karel in seinem Loch – und durstete.

Als Politischer saß er allein. Man brachte ihm Essen, Seife, Handtuch, Wäsche, alles wie vorgeschrieben, wie bei den anderen. Aber ehe Karel sein Essen, das gleiche wie alle anderen, erhielt, wurde er präpariert. Das Präparieren bestand darin, daß eine gewaltige Prise Salz in die Suppe verrührt, unter die Bramburi gemengt und ins Kraut verstreut wurde. Überdies wurde der Wasserhahn in seiner Zelle stillgelegt. Da kam kein Tropfen mehr. Denn hätte Karel trinken können, wann und wieviel er wollte, wäre die KUR ein Schlag ins Wasser – wortwörtlich ins Wasser! – geworden.

So aber mußte Karel dursten. Das Trio war zufrieden, daß er dursten mußte.

Das Trio? Nein. Nur Jan und Mirko. Vaša sagte: »Eigentlich ist's nicht recht.«

Vaša, der alte, demnächst in Pension: Er traute sich, das zu sagen, so wie er sich traute, die Schuhe auszuziehen und in Babuschen herumzuschlürfen, in Hemd und Hosenträgern dazusitzen, statt in der zugeknöpften Uniform. Vaša sagte: »Eigentlich ist es nicht recht.«

»Was nicht recht?« fragte Mirko.

»Einfach nicht recht«, sagte Vaša noch einmal.

»Blödsinn«, sagte Jan.

»Irgendwann kommt es raus«, sagte Vaša.

»Was kommt raus?« fragte Jan. Er war der Jüngste.

»Daß es nicht recht ist«, sagte Vaša.

»Blödsinn«, knurrte Jan noch einmal.

Vaša sah ihn traurig an. Seine Augen waren so lidlappig und rotgerändert wie die Augen eines alten Bernhardinerhundes. Er rührte in seinem Kaffee und führte das Häferl an sein Gesicht. Danach tropfte es braun von seinen Schnurrbarthaaren.

»Du bist schon ein Trottel«, sagte Mirko und gähnte.

»Jaja, ein Trottel«, sagte Vaša. »Schon möglich. Aber glaubt mir: die Welt ist groß.«

»Na und?« fragte Jan. »Was geht uns das an?«

»Eines Tages wird uns der Karel den Vogel zeigen«, sagte Vaša.

»Den Vogel?« schrien Mirko und Jan zugleich.

»Genau, den Vogel«, antwortete Vaša. »Und ihr werdet dann schön kuschen.«

»Nie«, schrie Jan. »Das wird nicht sein.« Und dann, auf das Bild des Staatspräsidenten deutend: »Der da – der sorgt dafür.«

Vaša senkte Schnurrbart und Nase wieder über den Häferlrand und murmelte: »Jaja, der sorgt. Der sorgt lange. Aber ewig –?«

Das Wort EWIG blieb im Raum stehen, in der dikken, rauchgeschwängerten und überheizten Luft, die nach Männern roch, nach selten gewechselten Hemden und nach Leder; vor allem aber roch sie nach der schwarzen petroleumhaltigen Beize, mit der auch hier, wie in allen öffentlichen Gebäuden, die Bodendielen eingelassen waren. Diese Luft stand, sie schien schon seit Jahren so zu stehen, unbeweglich wie ein Stein, eingefangen zwischen den dicken Mauern und dem einen doppelscheibigen, nie geöffneten Fenster; sie war bitter zu atmen, diese Luft – und plötzlich war sie dem jungen Jan wie eine Faust auf der Brust.

Er stieß die Beine vor – und streckte die Arme waagrecht auseinander, und mit einem Sprung war er am Fenster und rüttelte an den Riegeln und fluchte, weil sie sich nicht rühren wollten; die alte braune, dick aufgetragene Lackfarbe hatte sie festgeklebt.

»Hier stinkt's«, schrie Jan. »Hier stinkt's.«

Vaša und Mirko schauten zu ihm hin. »Was ist denn plötzlich mit dir?« fragte Mirko. »Bist du verrückt geworden?«

Jan rüttelte weiter an den Riegeln. Er lief dunkelrot an. Einen Augenblick sah es aus, als wollte er die Scheiben mit der Faust zertrümmern. Dann rannte er hinaus.

Mirko lachte. Vaša schob das leere Kaffeehäferl zurück.

»Der Koller«, sagte er. »Jeder kriegt ihn. Jeder.«

Der Häftling Karel saß in seiner Zelle an dem kleinen Tisch vornübergebeugt und durstete. Sein schwerer Kopf, sein großes Gesicht lagen in seinen Händen; so bewegte er sich leise schaukelnd hin und her. Er kämpfte mit dem Verlangen, seine Zunge aus dem Mund zu strecken, sie zu packen und herauszureißen. Schon seit vorgestern lag ihm diese Zunge wie ein Stück Holz im Mund, bräunlich, schwarz angelaufen, geschwollen und, wie Karel zu fühlen glaubte, trocken wie Zunder. Er wußte, sie würde noch weiter anschwellen, noch schwerer, steifer, holzartiger werden. Er konnte sie nicht ausspucken. Er durfte sie nicht ausspucken, im Gegenteil: er mußte versuchen, seine Lippen fest über ihr zu schließen, um die letzten kärglichen Restchen Feuchtigkeit nicht preiszugeben, die die vergifteten Schleimhäute noch produzierten. Jedes Flinchen Speichel war kostbar. Keines durfte verlorengehen. Karel war noch nicht ganz aus Salz. Noch enthielt er Wasser. Er sagte sich: Zum größten Teil besteht der menschliche Körper aus Wasser. Auch ich enthalte noch Wasser; meine Arme, meine Beine, mein Bauch, meine Lunge, sie alle enthalten Wasser.

Diese Vorstellung gewährte ihm etwas Trost. Leider währte der Trost nur einige Sekunden. Seine Kehle wollte schlucken, immerfort schlucken, aber sie fand nichts mehr, was sie schlucken konnte, sie zog sich krampfhaft zusammen zu einem eisernen Ring. Sein Herz klopfte unregelmäßig, in seinen Schläfen stach ein Schmerz, und vor seinen geschlossenen Augen wogte und wallte ein See.

Dieser See verwandelte sich manchmal in ein Wasserfaß, in dasselbe, das im Garten seines Elternhauses gestanden war und aus dem er als kleiner Junge mit einem Kübelchen Wasser geschöpft und sich auf die nackten Füße gegossen hatte, bis er in einer großen braunen Pfütze stand. Auch jetzt hielt Karel diesen Kübel in den Händen, aber er war schwer, der kleine Kinderkübel, tonnenschwer und ließ sich nicht ziehen und heben, er ließ sich nicht heraufbringen an Karels Mund; und wenn es ihm gelang, mit äußerster muskelverzerrender Anstrengung, dann schüttete ihm der gekippte Kübel nur Salz, nur Salz ins Gesicht.

Dieser Wachtraum war fürchterlich. In Karel sammelten sich Reste von Widerstand gegen ihn, gegen seine saugende und zerstörerische Kraft.

Karel hörte auf zu schaukeln. Er hielt sich an der Tischkante fest, um nicht zu schaukeln, und versuchte zu sich zu kommen.

Er versuchte an seine Frau zu denken, an seine Kinder, auch an das Buch, das er schreiben wollte, zur Hälfte bereits geschrieben hatte. Vielleicht hatten es die Schweine bei seiner Verhaftung gefunden. Er hatte die Hefte unter den Kartoffeln im Keller vergraben, aber sie fanden ja alles, alles, alles.

Und wahrscheinlich hatten sie die Hefte auch schon verbrannt.

Ich werde sterben, dachte Karel. Das ist sicher: sterben. Dann werden sie Marie schreiben: Zu unserem Bedauern müssen wir Ihnen mitteilen . . . aber Ihr Mann war ja schon krank, als er eingeliefert wurde, am Magen, am Herzen, das amtsärztliche Zeugnis liegt bei. Und daß er ein großer starker Kerl war, der Bäume ausreißen konnte, das haben nur Sie, werte Frau, geglaubt. Seine Urne kommt mit gleicher Post.

Marie wird weinen. Sie wird nichts glauben von dem amtlichen Wisch. Sie wird sich die Haare raufen und das Gesicht zerkratzen, und eines Tages wird sie sich in ihrer Verzweiflung aufmachen und den Amtsarzt, den Gefängnis-Amtsarzt, aufsuchen und ihn fragen: Woran ist er wirklich gestorben, Herr Doktor? Hat man ihn erschlagen – oder was?

Erschlagen? Keine Rede, wird der Amtsarzt sagen. Ich habe die Autopsie durchgeführt, da ist nichts gewesen, liebe Frau, nichts, was Sie glauben, weil Sie kein Vertrauen haben zu unserer braven Justiz, in unsere gerechte und herrliche Volksrepublik. Keine Beulen waren da, keine Striemen, keine Brandmale, keine Würgespuren und Einschußstellen, kein Blut.

Kein Blut. Jetzt schluchzt Karel in sich hinein.

Bestimmt kein Blut, weil sich alles Blut in ihm schon längst in Salz verwandelt hätte.

Karels Gedanken beginnen wieder zu schlingern: Salz denkt er, Salz, Salzwüsten, Salzseen, Salzflöze, die ganze Erde ist mit diesem verfluchten Salz durchwachsen, überall wächst der Giftbaum Salz aus Schichten und Tiefen hervor, damit wir mit ihm vergiftet werden können. Nach Böhmen ging ein Salzweg, eine Salzstraße, weil Böhmen niemals am Meer lag, wem fiel das nur ein, daß Böhmen am Meer gelegen sei?

Als sie ihm vor fünf Tagen das erste versalzene Essen gebracht hatten, hatte er nur losgepoltert: Was macht ihr in eurer Küche für 'n Quatsch? Den Fraß könnt ihr behalten! – und wollte fasten bis zum nächsten Tag.

Aber als am nächsten Tag das Essen kam, da verstand er plötzlich. Er nahm vier Bissen davon und wollte an die Leitung.

Doch die Leitung war tot. Kein Tropfen kam. Karel schrie und trommelte gegen die Tür. Auch die Spülung ging nicht mehr. Juchhei. So haben sie mir wenigstens das erspart: aus dem Abort zu trinken.

Der Direktor sitzt hinter seinem Schreibtisch und starrt auf das Blatt Papier, das er soeben aus einem blauen Dienstumschlag gezogen hat. Ein fremder Briefkopf oben, ein fremder Stempel unten, eine Behörde, die auf dem Prager Hradschin sitzt und die ihm, dem Direktor des Gefängnisses, noch nie geschrieben hat. Was bedeutet das? Einen Augenblick lang denkt der Direktor an eine Provokation, an einen Streich, eine Amtsanmaßung, eine unerlaubte, höchst strafbare konterrevolutionäre Intrige. Das Papier betrifft den Häftling Karel S.

Da schreibt jemand, an Karel S. sei jede Handlung zu vermeiden oder zu unterbrechen, die die Gesundheit und das Wohlbefinden des Häftlings zu beeinträchtigen geeignet sei.

Der Direktor weiß nicht mehr, was er von der Welt zu halten hat. Erst wird dem Mann die SCHNAUZE verordnet, dann die KUR. Und dann plötzlich das! Der Direktor hat Angst. Er will Rückendeckung. Er will sich versichern, daß es Rückendeckung gibt. Er telephoniert.

Er wählt eine Prager Nummer. Niemand hebt ab.

Er wählt eine zweite Nummer.

Auch hier keine Antwort. Beim drittenmal endlich – eine dünne singende Frauenstimme. Der Direktor kennt sie. In vorsichtigen Wendungen erzählt er von dem Brief. Er wagt nicht zu fragen, was er tun soll. Aber die Frauenstimme kommt ihm zuvor.

»Ach ja, der S. Der S! Der hat doch Leute drüben – im Ausland. Ein großer Verein – mit Sitz in London . . . ich sage doch, ein *großer* Verein – mit Ablegern da und dort . . . Wo? Überall. Überall drüben!«

Immer, wenn die Stimme DRÜBEN sagt, klingt es, als spucke sie das Wort in die Leitung (und dabei wissen doch alle, die die Dame kennen, daß sie sich für Waren von DRÜBEN die Haut abziehen ließe).

Der Direktor reibt sich die Stirn. – Wie der Verein heiße, will er wissen.

Die Frauenstimme zögert: Nein, den Namen dürfe sie nicht nennen.

Der Direktor schnappt nach Luft.

Demnächst, fährt die Frauenstimme plötzlich geschwätzig fort, sei zu erwarten, daß ein neuer Antrag gestellt werde für diesen Häftling S. Man werde womöglich verlangen, ihn freizulassen, ganz gleich, was er ausgefressen – oder man werde fordern, ihm wenigstens – wenigstens! – die Frauenstimme gickst bei diesem Wort – Papier und Schreibzeug in die Zelle zu geben und ihn schreiben zu lassen, was er wolle. Denn dieser Häftling S. sei nicht mehr und nicht weniger als ein im Ausland angesehener Autor.

»Spi-so-va-tel«, raunte sie Silbe für Silbe in den Draht. »Verstehen Sie, Genosse, spi-so-vatel?«

Die Hände des Direktors zittern. Er legt den Hörer auf.

Eine halbe Stunde danach drückt er auf einen Knopf.

Im Dienstzimmer bei Mirko, Jan und Vaša schrillt die Glocke. Alle drei stürzen zur Tür.

Da sie wiederkommen, hat Jan rote Augen. Mirko glotzt wie immer stumpf und blöde. Vaša grinst verstohlen in sich hinein. Noch liegen die Karten vom letzten Schafskopf auf dem Tisch. Mirko hat sich bereits die Schnapsflasche geangelt. Aber Vaša kriegt das Grinsen nicht aus dem Gesicht. Jan sieht es nicht. Er sitzt stumm und betrachtet seine Hände.

»Jetzt bist du dran«, sagt Vaša und stößt ihn in die Rippen.

»Ich?«

»Ja, du. Geh rauf und dreh ihm das Wasser auf!«

Jan krümmte sich.

»Warum grad ich?«

»Und die Spülung auch!«

Jan geht. Der Korridor zum Kasten mit den Durchlaufventilen ist lang und dunkel. Jan hält in einer Hand den Schlüsselbund, in der anderen die Rohrzange. Er ist voll dumpfer Wut, und unter der dumpfen Wut ist ein wilder Schmerz.

Jan hat seine Eltern nie gekannt. Er ist schon mit fünf in einen Kader gekommen, in ein Parteiheim. Im Parteiheim haben sie viel gesungen und sind strammgestanden unter der Fahne. Sie haben Semmeln bekommen und Kakao und, wenn sie brav gewesen sind, horky parky, heiße Würstel. Der Staatspräsident schaute immer so milde lächelnd von der Wand. Das war doch schön gewesen. Jan hatte das Parteiheim geliebt. Es gab sonst nichts, was er lieben konnte. Das war alles einfach und klar gewesen, so einfach und so klar.

Jan hat heute nacht das Gefühl, daß etwas entzweigeht, was nicht entzweigehen sollte, und er, Jan, ist dabei, mitzutun, daß es entzweigeht.

Jan hat den Kasten geöffnet. Da sind die Durchlaufventile für die einzelnen Zellen. Bei jedem steht eine Nummer.

Jan sucht die Nummer von Karels Zelle, und er haßt sich selbst dafür, daß er jetzt die Rohrzange ansetzt.

Einige Sekunden später ist in Karels Zelle ein Geräusch zu hören. Es kommt aus der Mauer neben der Tür, wo der Hahn aus der Wand tritt. Es klingt wie ein Gurgeln tief im Gemäuer. Karel ist von seiner Matratze aufgefahren. Er wankt darauf zu. Er steht und schwankt und glaubt es nicht. Aber das Gurgeln hält an: Mit beiden Händen umklammert er den Hahn. Wie herausgeschossen platzt ihm der erste Schwall entgegen.

Lohmanns Dogge

Sein Name war Egon Escher – oder E. E.

Mit E. E. hatte er jahrzehntelang als Bankbeamter unterzeichnet. Jetzt war er im Ruhestand. Auch die kleinen wissenschaftlichen Artikel, die er im Laufe seines Lebens in verschiedenen Zeitschriften veröffentlicht hatte, waren immer nur mit E. E. signiert. Er selbst verstand sich als Privatgelehrten, aber er hütete sich, diese Bezeichnung anderen gegenüber laut werden zu lassen. Sogar vor seiner Frau hielt er sich in dieser Hinsicht bedeckt und versuchte seine leidenschaftliche Vorliebe für das Schreiben zu einer harmlosen Marotte herunterzuspielen. Obwohl er mit seiner Frau in guter Ehe gelebt hatte, war ihm ihre Gegenwart bei der Arbeit immer störend gewesen. Sobald sie das Haus verließ, eilte er an seinen Schreibtisch; wenn sie einmal zur Kur fuhr oder Verwandte besuchte, feierte er sein Alleinsein als ein Fest schöpferischer Freiheit; dann schrieb er zügig und mit großer Lust.

Freilich: der Raptus hielt nicht lange vor. Immerhin brachte er bei solchen Gelegenheiten seine besten Stücke zustande: einen Essay über die Faltenwürfe gotischer Madonnen, einen über vorrömische Siedlungsreste am Alpennordrand, einen über grenzübergreifende Festtagsbräuche. Alles, was er darstellte, war gut recherchiert und meist mehrfach belegt. Dabei scheute er keine Mühe, korrespondierte mit Fachleuten, durchstöberte Bibliotheken, wälzte dicke Bücher und verstaubte Zeitschriften. In solchen Phasen pflegte ihn Luisa, seine Frau, zwar scherzend, doch in unüberhörbar klagendem Ton ihren kleinen Wühlmäuserich zu nennen. Escher schluckte den ehelichen Tadel und blieb bei seiner Leidenschaft.

Luisas stiller Vorwurf war nicht unbegründet. Escher wußte das wohl. Er hatte sein Lebtag, das heißt mehr als dreißig Jahre lang, seinem Bankinstitut in untergeordneter Stellung gedient. Er hatte hinter seinem Schalter gesessen und mit drei, vier anderen die kleinen Agenden der Laufkundschaft erledigt: hatte Einzahlungen angenommen, Auszahlungen getätigt, Überweisungen durchgeführt. Fast nie war ihm dabei auch nur der geringste Fehler unterlaufen. Als er fünfzig wurde, bot ihm das Direktorium eine bessere Stellung, er hätte in die lokale Chefetage aufsteigen können. Escher winkte ab. Er scheute sich, in die Zone zu gelangen, in der Entscheidungen oder auch nur Mitentscheidungen zu treffen waren. Er blieb hinter seinem Schalter, bei der kleinen Kundschaft, bei unriskanten Geschäften.

Das Direktorium quittierte seinen Verzicht mit einer heuchlerischen Lobeshymne auf seine Bescheidenheit. Unter sich mochten die Herren eher gespöttelt haben. Escher mutmaßte sogar, daß sie erleichtert waren. Was hätte denn auch der Außenseiter in ihren beratschlagenden Gremien für eine Rolle gespielt? – die eines ängstlichen Zweiflers, eines lästigen Mitwissers, eines Störenfrieds. Bei ihren Geschäften war im allgemeinen zwar Vorsicht, dann und wann aber auch Wagemut gefordert, und Wagemut war nicht seine Sache. Es war für beide Teile besser, wenn er außerhalb blieb.

Immerhin hatte man ihm zu seinem sechzigsten Geburtstag einen Scheck überreicht, dessen Dotierung ihn überraschte. Ihn konnte er nicht zurückweisen. Luisa jubilierte. Endlich konnten sie auf Reisen gehen. Das hatte Luisa schon immer gewollt. Mit einer Unbefangenheit, die Escher überraschte, verfügte sie über das Geld und buchte fürs erste eine Reise nach Ägypten.

Als sie mit den Tickets nach Hause kam, verkündigte sie, tirilierend wie eine Lerche, sie würden in Kairo gleich neben den Pyramiden in einem ehemaligen Khedivenpalast wohnen.

Er blickte von seinen Notizen auf und sagte: »Liebes Kind, du wirst alleine fahren.«

»Alleine?« Luisa schrie es fast. »Ja, warum denn *alleine?*«

Escher war nicht umzustimmen. Luisa mußte in der Tat alleine reisen, das heißt in der Gruppe, die ihr empfohlen worden war. Sie bestand aus gebildeten Leuten; fachmännische Führung und beste Betreuung waren zugesichert.

Escher nahm sich vor, während Luisas Abwesenheit sein Meisterstück zu liefern: eine Abhandlung über die Wandlung des Predigtstils im Spätbarock.

Bei ihrer Rückkehr war Luisa, wie er nicht anders erwartet hatte, hellauf begeistert. »Du mußt auch hinfahren!« rief sie ihm schon von weitem auf dem Flughafen entgegen. »Auch hinfahren, ach, Egon, Egon!« Und ihn stürmisch umarmend: »Wenn du nicht nächstens nach Ägypten fährst, lass' ich mich von dir scheiden.«

Das war lachend und unter Küssen hervorgebracht. Doch er begriff, daß sich in der Frau ein heftiges und tiefwurzelndes Verlangen regte: Er sollte endlich aufhören, an seinen kleinen, enggefaßten Heimatthemen herumzuhängen. Auch er sollte dieselbe Neugier und Begeisterung aufbringen, die sie selbst für die große weite Welt empfand.

Vier Wochen später erlitt Luisa einen Kollaps. Sie wurde ins Krankenhaus gebracht. Nach vier weiteren Wochen wurde sie begraben.

Escher war wie betäubt. Er konnte sich nicht vorstellen, wie er ohne Luisa weiterleben sollte. Sie hatten erst vor einem Jahr silberne Hochzeit gefeiert. Nun fühlte er sich vereinsamt, preisgegeben, gleichsam amputiert. Daß ihm das Leben mit Luisa manchmal schwierig gewesen war, wollte er nicht mehr wahrhaben. Ihr Bild schien ihm in goldenstes Licht getaucht. Er trauerte tief und nachhaltig um sie und war von der Tiefe und Aufrichtigkeit seiner Trauer überzeugt – und so mit sich selbst im reinen.

Sechs Monate nach Luisas Tod wurde ihm seine Wohnung gekündigt.

Entsetzt über sich selbst nahm er wahr, daß ihn dieser neue Schlag weit mehr verwirrte als Luisas Verlust. Man riet ihm, sich gegen die Kündigung zur Wehr zu setzen, er tat es, doch er hatte wenig Hoffnung auf Erfolg. Der Hauseigentümer hatte schon lange einen Umbau geplant und sich von seinen Mietern bestätigen lassen, daß sie die Wohnung in diesem Falle räumen würden. Auch Egon und Luisa hatten unterschrieben. So war den Argumenten des Hausherrn wenig entgegenzusetzen. Noch konnte er einen Aufschub erzwingen, mehr nicht.

Da ergab sich, Glück im Unglück, ein günstiges Angebot, eine neue hübsche, bequem gelegene Wohnung. Der Preis schien erträglich. Die Bank, in der Escher bis zu seinem Ruhestand gearbeitet hatte, trug ihm ein günstiges Darlehen an. Escher fühlte sich plötzlich von neuen Energien erfüllt und griff zu.

Er übersiedelte. Er zog ein. Die großen, hellen, luftigen Räume gefielen ihm. Es freute ihn, sie einzuteilen, einzurichten, Arbeitsflächen einbauen und praktische Lampen montieren zu lassen. Die Ziertischchen und eingelegten Kommoden, auf die Luisa so großen Wert gelegt hatte, schenkte er einer Nichte, nach einigem Zögern gab er ihr auch eine Récamiere mit geblümtem Seidenbezug. Luisas Kleider und Wäsche überließ er einem wohltätigen Verein; er behielt nur einige Stücke, darunter den Schlafrock, den sie zuletzt getragen hatte, ein Paar Schuhe, ein Paar Handschuhe, ihre Brille, ihr Portemonnaie. Er suchte nach ihren Briefen, doch er fand sie nicht; sie mußte sie verbrannt haben.

Über einen seiner zwei Schreibtische hängte er ihr Bild. Auf den anderen stellte er eine Lampe, die sie vor Jahren ausgewählt und eigenhändig mit einem weißen Kalbslederschirm versehen hatte.

Dann schrieb er das Manuskript zu Ende, das er während Luisas letzter Reise begonnen hatte.

Schließlich buchte er, um ihren Wunsch zu ehren, einen Flug nach Ägypten.

Auf dieser Reise begegnete er Lohmann.

Es war fast alles wie immer: Das Arbeitszimmer war angenehm warm, angenehm still. Nur dann und wann drang das Rauschen eines vorüberfahrenden Zuges durch die breite Terrassentür, die herabgelassenen Rolläden und die zugezogenen Vorhänge. Ein runder Lichtfleck lag auf der Platte des Schreibtisches, auf dem grünen Filzbelag, dem aufgeschlagenen Buch, dem bereitgelegten Notizblock, dem silberglänzenden Drehbleistift. Escher hatte heute noch kein Wort geschrieben. Er saß über das Buch gebeugt, doch seit einigen Minuten verstand er nicht mehr, was er las. Er hätte das Buch gern von sich geschoben, sich zurückgelehnt, die Beine gestreckt und gegähnt; er wäre auch gerne aufgestanden und hätte die Toilette aufgesucht. Er wagte nichts von alledem. Denn er wußte: im Augenblick, da er sich rühren würde, wäre ES wieder da. ES: ein Aufschnellen, ein Rumpeln, ein Vorschnellen zwischen Wand und Schreibtisch; dazu ein kehliges Winseln und Schnauben. An sein Knie würde die Schnauze stoßen, das große Maul würde sich öffnen, seine Lefzen und Zähne zeigen und ein gewaltiges Murren hören lassen, halb grollend, halb flehend, voller stoßender Ungeduld. Denn das Tier wartete, es wartete wohl schon seit Stunden, gespannt, mit gestrafften Sehnen und gespitzten Ohren: es wollte ausgeführt sein. Seit Stunden lag es zwischen Wand und Schreibtisch, auf dem Platz, den es sich in der ersten Stunde ausgesucht hatte und dem es nicht zu entwöhnen war. Es wachte. Es wachte die erste Bewegung herbei, die ihm den Augenblick signalisieren konnte: Es ist soweit. Der Mensch, bei dem es jetzt leben mußte, gab das Zeichen: Aufbruch.

Escher verkrampfte sich, über sein Buch gebeugt. Er kämpfte mit sich um Aufschub. Dann hielt er es selbst nicht mehr aus. Er mußte Atem schöpfen, sich rühren. Dennoch saß er noch immer und krümmte sich.

Vierzehn Tage war jetzt die Dogge bei ihm. Noch acht Tage, nein, noch genau eine Woche war sie zu ertragen. Sieben Morgen, acht Abende; dann würde sie abgeholt werden. Er zählte sich die Zeit vor wie ein Kind vor Weihnachten.

»Haha.« Er mußte aufgelacht, mit einem kurzen platzenden Laut in sich hineingelacht haben. Das war genug. Die Dogge stürzte hinter dem Schreibtisch hervor und begann bellend und jaulend herumzurasen.

Sie war ein großes, ein riesiges Tier mit breiter Brust, gewaltigem Kopf, mit geraden, langen, übermuskelharten Läufen: eine DEUTSCHE DOGGE; hellgoldgelb mit grauer Maske, leicht gestromt an Backen und Hals, ein wenig stärker an Brustkorb und Flanken. »Erstklassige Rasse, herrliche Zucht«, hatte Lohmann gesagt. Wer sich auf Doggen verstand und sie liebte, mochte das Tier in der Tat herrlich finden. Escher hatte nie daran gedacht, sich auf Doggen zu verstehen, geschweige denn sie lieben zu wollen.

Mit federnden Sprüngen umrundete das Tier den Tisch und die daran gerückten Polsterstühle. Er hielt den Atem an. Im nächsten Augenblick würde etwas passieren: ein Blumentopf umgerissen, ein Bücherstapel umgestoßen oder die auf einem Regal abgestellte und vergessene Kaffeetasse heruntergefegt werden. – Nichts derlei geschah. Nur der gelbe Spannteppich zeigte – wie immer nach solchen Touren – einen Ring niedergetrampelten Flors.

Escher stand auf. Es war Zeit für den Abendspaziergang. Nichts und niemand konnte ihn davon befreien.

Sofort hörte die Dogge auf, den Tisch zu umkreisen. Sie wandte sich dem Mann zu und begann sich vor ihm hin- und herzuwerfen. Unverkennbar: sie wäre ihn am liebsten angesprungen. Doch das wagte sie nicht; *noch* nicht, dachte

Escher. *Noch* wirkte die Dressur, der sie von Lohmann unterworfen worden war. Doch eines Tages, heute oder morgen, würde es soweit sein. Escher, selbst eher zart und von knapp mittelgroßer Statur, zitterte davor; aufgerichtet würde das Tier größer sein als er. Er fürchtete sich vor dem Anprall seines schweren Körpers, vor dem Reißen seiner Klauen, vor seiner Zunge, seinen triefenden Lefzen, dem Geruch seines Rachens. »Stop« und »Leg dich!« Escher rief es dreimal. Aber das wütende Verlangen nach Bewegung und Auslauf ließ sich nicht dämpfen. Zu lange schon hatte der Hund darauf warten müssen.

Mit einem entzückten Aufjaulen nahm er wahr, daß der Mann nach Leine und Maulkorb griff. Dann stürzte er die schmale Wendeltreppe hinab, die die obere Ebene von Eschers Maisonette mit dem unteren Teil verband. Escher folgte, nachdem er die Lampen ausgemacht und Hut und Mantel genommen hatte. Kaum daß er die Wohnungstür geöffnet hatte, zwängte sich die Dogge durch den Spalt und rumpelte die Haustreppe hinunter.

Nervös lauschte ihr Escher nach. Wenn jemand des Weges kam, konnte ein Unglück geschehen: Ältere Leute und Kinder konnten sich erschrekken, sie konnten sogar umgerannt werden. Die Stufen waren scharfkantig, aus Stein. Da konnten Knochen brechen, und er, Escher, würde schuld daran sein. Erleichtert hörte er, daß der Hund bereits unten war. Er folgte ihm langsam. Seit einem Unfall vor zehn Jahren war er behindert. Das rechte Knie schmerzte ihn. Seine Linke tastete das Geländer entlang.

Unten stand der Hund auf den Hinterläufen und trampelte gegen das Glas der Haustür. Er konnte sie nicht aufstemmen, sie ging nach innen auf.

Endlich draußen, schoß er pfeilschnell in die Finsternis.

Der Hinterhof war groß; da gab es keine Beleuchtung. Einige Autos standen schief geparkt in einer Reihe, dahinter die Müllcontainer. Eine hölzerne Schranke trennte die asphaltierte Fläche von einem kleineren begrünten Kinderspielplatz. Wieder dahinter begann freies Feld: ein Obstanger, ein Acker. Hier hatte der Hund seinen Auslauf.

Escher blieb vor dem Haustor stehen und wartete.

Er wartete nicht nur darauf, daß sich seine Augen an die Dunkelheit gewöhnten; er wartete darauf, daß der Hund zurückkehrte. Das konnte dauern, *sollte* dauern. Lohmann hatte ihm gesagt, die Dogge müsse sich täglich mindestens zweimal eine Viertelstunde frei bewegen können. Dann dürfe man sie an die Leine nehmen und sie wie andere Hunde ausführen; so werde sie sich ruhig und gesittet bewegen: gut dressiert. Zehn Kilometer müsse sie so zurücklegen dürfen.

»Zehn Kilometer?« hatte Escher abgewehrt. Eine so weite Strecke werde er keinesfalls leisten. Darauf hatte Lohmann gelacht: »Auch fünf genügen. Zur Not.« Und Escher: Auch fünf seien nicht wenig. – Lohmann, wieder lachend: »Sie werden Ihnen nur guttun, Herr Kamerad. Nichts Gesünderes, Herr Kamerad, als täglich tüchtig marschieren.«

Escher hatte einen Blick auf das Leuchtblatt seiner Armbanduhr geworfen. Nun ging er hin und her. Am Nachmittag hatte es ein wenig geregnet, jetzt schien es im Westen aufzuklaren. Hinter dem schwarzen Krüppelgeäst einiger Mostbirnbäume zeigte sich ein düsterrötlicher Streifen. Er reichte von der schwarzen Silhouette des Kirchturms bis gegen den Hügelrand, der sich im Nordwesten den Horizont entlangzog. Dort, auf einem gegen Süden geneigten Sonnenhang, hatte Escher früher mit Luisa gewohnt.

Escher stand und wartete. Der Hund war in der Finsternis verschwunden, doch der Mann hörte dann und wann sein Scharren, Rennen, Schnauben und ein erregtes heiseres Blaffen. Da mochte er eine Katze aufgestöbert, einen Maulwurf oder eine Krähe gewittert haben; vielleicht auch eine Ratte. Escher hoffte, daß es rundum keine Ratten gäbe.

Die Minuten verrannen. Der Hund zog seine Kreise. Eine Viertelstunde, hatte Lohmann gesagt. Die Viertelstunde war endlich um.

Escher begann den Namen der Dogge zu rufen.

Da hörte er Schritte. Zwei Leute bogen in den Hof, ein Paar. Er erkannte sie erst, als sie heran waren. Es waren seine Nachbarn; ein ungeheuer dicker Mann und seine weit jüngere zarte Frau;

sie trug das Kind, ein Mädchen, erst ein Jahr alt. Sie hatten wohl gehört, daß Escher die Dogge rief.

»Ah, wieder beim Äußerln«, sagte der Mann im Vorübergehen. Er lachte dazu. Sein Lachen war gutmütig, aber Escher ärgerte sich. Er haßte Ausdrücke wie »Äußerlngehen«, sie klangen ihm infantil und irgendwie obszön.

In diesem Augenblick kam die Dogge herangesprungen.

Escher stemmte sich gegen die Hausmauer, um den Anprall abzufangen. Zugleich sah er, daß die Frau rasch an ihm vorübersprang und sich hinter die Haustür flüchtete. Dabei hielt sie das Kind hoch und versuchte sein Gesicht abzudecken. Das Kind hatte einmal beim jähen Anblick der Dogge gellend aufgeschrien und war stundenlang, wie Escher danach erfuhr, nicht mehr zu beruhigen gewesen.

Unterdessen hatte sich der Hund, zwar heftig schnaubend, doch gehorsam vor ihm aufgebaut. Das Tier wußte wohl: jetzt kamen Leine und Maulkorb, sein Auslauf war beendet. Dann begann der Spaziergang.

Die Straße war leer, über ihr strahlten Peitschenleuchten, aus einem Kosmetikladen schummerte lila Licht. Escher ging mit bedächtigen Schritten, die seine Sohlen an den Boden heften sollten. Er hielt die Leine fest um die Rechte gewickelt. Vor Zaunpfählen und Bäumen blieb er stehen und ließ die Dogge schnuppern. Auch das hatte ihm Lohmann geraten: »Wer einen Hund immerfort mit sich zerrt, regt ihn nur auf.« Und aufregen wollte Escher die Dogge keinesfalls. Er mißtraute ihrer Dressur. Er war immer darauf gefaßt, daß sie, von einem Schatten, einem Geruch, einem vorbeihuschenden Tier gereizt, ausbrechen und lospreschen würde. Dann würde er mitgerissen und umgeworfen werden – und nicht mehr aufstehen können.

Egon Escher war, was man früher einen hübschen alten Herrn genannt hätte. Mit seinen knapp hundertsiebzig Zentimetern war er in fast jeder Riege immer unter den Kleineren gewesen. Seine Figur hatte trotzdem Ebenmaß bewahrt. Er war nie dick geworden. Sein weißes Haar trug er kurz, aber nicht allzu kurz, mit Seitenscheitel, ohne Koteletten; auf seiner Oberlippe ein graues Bürstenbärtchen, das er jeden Samstag sorgfältig stutzte. Zum Lesen brauchte er keine Brille. Dafür hatte er Schwierigkeiten, Aufschriften und Hinweistafeln zu entziffern. Er war also kurzsichtig, das verdroß ihn. Als er noch ins Theater gegangen war, hatte er gern ein Opernglas benützt. Doch er hatte sein Abonnement schon lange aufgegeben. Die modernen Stücke gefielen ihm nicht; von den alten glaubte er die meisten zu kennen. Am Abend ging er selten aus. Er besaß kein Auto, hatte nie eins besessen. Er hatte nie fahren wollen; es widerstand ihm, größere Geschwindigkeiten in eigener Verantwortung zu entwickeln und sich dabei jeweils in Blitzeseile entscheiden zu müssen. Wenn ein anderer am Steuer saß, bitte! – dann fuhr er gerne mit.

Seine Ärzte waren mit seinem Befinden nicht unzufrieden. »Nur das Herz, das Herz könnte besser sein«, hatte der Internist gesagt, und der Röntgenologe hatte den Kopf geschüttelt. »Ihr Knochenbau, Herr Escher, ist labil – über Ihr Alter hinaus. Stürze dürfen Sie sich keine leisten. Vor allem die Wirbelsäule . . .«

Jaja, die Wirbelsäule . . . Escher glaubte selbst zu spüren, wie schwach sein Rahmenbau war: verschlissen. Wenn er morgens und abends einige Turnübungen ausführte, vermied er jede heftige Bewegung. Er hatte instinktiv Angst vor jeder Art von Gewalt.

Um so unheimlicher war ihm jetzt die Gesellschaft des riesigen Tieres. Er hatte es, gottlob, für nicht länger als drei Wochen übernommen. »Drei Wochen!« hatte ihn Lohmann gedrängt, ja gebettelt. »Keinen Tag länger, mein Ehrenwort.«

Der Mann war irgendwie in Panik gewesen. Seine Reise, hatte er beschworen, diese Reise nach Spanien sei unaufschiebbar, ganz unaufschiebbar; eine Verwandte, Nahverwandte, Schwester oder Tochter (daraus wurde Escher nicht klug), sei erkrankt, schwer erkrankt, brauche Hilfe, sofort. »Nur die paar Tage, Herr Escher, wir sind doch Freunde, Herr Escher, Freunde . . .«

Escher sagte nicht gerne zu. Aber sein Widerwille unterlag im Augenblick dem Gefühl, daß er Lohmann nicht länger betteln lassen dürfe. Er sah Schweiß auf seinen Schläfen, ein angstvolles Funkeln in seinen Augen. Kaum aber hatte er zugesagt, bereute er, und sofort veränderte sich auch Lohmanns Haltung, die flehende Miene verschwand, er verfiel wieder in seinen gewohnten Tonfall, diese seltsame Mischung aus zudringlicher Kameraderie und Sarkasmus. »Das ist brav«, sagte er und versuchte Eschers Schulter zu tätscheln. »Das nenne ich Freundschaft.« Escher wich aus. Er kam sich übertölpelt vor.

Die Reise nach Ägypten, damals nach Luisas Tod und – genau genommen – nur ihr zu Ehren, diese Reise war von allem Anfang an unter einem Unstern gestanden. Zuerst fiel der Mann, der Luisas Gruppe geführt und das ganze Unternehmen angeblich so kenntnisreich und mit Geschick geleitet hatte, durch Krankheit aus. Ein wenig kundiger Ersatzmann trat an seine Stelle. Der Abflug verzögerte sich wegen technischer Schwierigkeiten. Die Unterkunft in Kairo war kein Khedivenpalast, sondern ein überfülltes und unterkühltes Mövenpickhotel. Das berühmte Museum, in dem, wie der Prospekt versprach, sich die ehrwürdigsten Schätze der ägyptischen Kunst präsentierten, schien Escher nichts als ein schlecht beleuchtetes und unerträglich stickiges Labyrinth, durch das sich eine schwitzende Menschenmenge wälzte; schon nach einer halben Stunde floh er ins Freie, in den staubigen Park, zu einer Versammlung steinerner Paviane, zwischen denen er sich dann – von Schattenfleck zu Schattenfleck – erging, um – mangels Besserem – die gleichmäßige Anordnung ihrer gemeißelten Stirnfransen zu bewundern.

Die Fahrt nilaufwärts begann Escher eben zu begeistern, als unter seinen Reisegenossen eine Art Epidemie ausbrach. Obwohl gewarnt, hatten sie alle – er ausgenommen – von einem leckeren Blattsalat gegessen, der sie jetzt in die lästigsten Umstände brachte. Ihr Seufzen, Jammern, Winseln und der Anblick ihrer verfärbten, grauen Gesichter vergällten ihm, dem einzig Gesundgebliebenen, den Genuß der Aussicht auf die vorübergleitende Flußlandschaft.

Dem Programm nach sollte die Reise bis Abu Simbel gehen.

Da traf die Nachricht ein, daß sich am Oberen Nil Unruhen ereignet hätten: Oppositionelle Fundamentalisten hätten gedroht, gegen Touristen vorzugehen. Einen Abend lang lief der Reiseleiter verzweifelt umher und versuchte durch Telephongespräche Näheres zu erfahren. Schließlich mußte er die Lage eingestehen: Er könnte die Verantwortung für eine Weiterreise nicht übernehmen.

Die Leute hatten eben begonnen, sich ein wenig zu erholen. Aber die meisten fühlten sich noch zu schwach, um Einspruch zu erheben und den Besuch von Abu Simbel doch noch zu erzwingen. Sie fanden sich damit ab, nach Kairo zurückzukehren. Dort werde nach einem Ausweichprogramm gesucht werden.

Und richtig: In Kairo bot sich ein Unternehmen

an, die Gruppe auf den Sinai zu bringen. Die Halbinsel, seit einigen Jahren wieder ägyptisches Hoheitsgebiet, sei ein überaus lohnendes Ziel. Sofort begann der Reiseleiter eifrig in seinem Baedeker zu blättern und fand die Werbung bestätigt: In der romantischen Wüste zwischen Asien und Afrika gebe es malerische Oasen, das weltberühmte Katharinenkloster und den ehrwürdigen Berg Horeb. Zwei Theologen, die gleichfalls von der Partie waren, klatschten heftig Beifall: »Auf in das biblische Land, auf Moses' und Aarons Spuren!«

Escher beteiligte sich kaum an der lebhaften Diskussion, die nun entstand: Sinai, ja oder nein. Was blieb schon übrig, als den erstbesten Vorschlag aufzugreifen?

Am nächsten Morgen Start in Richtung Suez. Lange durchquerte man ein ebenes, nur flachbukkeliges Gelände, das aussah wie eine ungeheure, mit Kettenfahrzeugen plattgewalzte Deponie. Dann unterkreuzte man den Kanal. Endlich stieg in der Ferne eine bräunliche Zackenbordüre auf: die Berge des Sinai. Die beiden Theologen nahmen abwechselnd das Mikrophon, um über das Schilfmeer der Bibel, über Exodus und die feurige Wolkensäule zu dozieren. Der Protestant zitierte auch die Jubelhymne der Mosesschwester Mirjam als frühes Zeugnis femininer Dichtung.

Nun bog der Bus in die Küstenstraße ein, die über der Meeresküste südwärts führte; dort, so hieß es, wolle man eine alte Heilstätte arabischer

Beduinen besuchen, eine Höhle, in der eine warme Quelle sprudle, gut gegen Rheuma, Gicht, Schäden aller Art.

Der Reisebus hielt, Schnauze an Schnauze mit einem anderen Touristenbus, der schon vorher hier eingetroffen war. Zur Rechten dehnte sich das Rote Meer, zur Linken stieg zerklüftetes Gelände auf. In Serpentinen führte ein Steig zu der Felskluft, in der der Quell zu vermuten war. Die Reisegesellschaft setzte sich im Gänsemarsch in Bewegung.

Escher hatte keine Lust, sich ihr anzuschließen: In der Höhle würde wohl ein erstickendes Gedränge herrschen. Er blieb in der Nähe des Wagens und sah sich nach einem Streifchen Schatten um.

Da bemerkte er, daß sich eine Art Bächlein über die Straße ergoß; es mußte wohl das Wasser der warmen Quelle führen, die oben aus der Kluft trat. Unterhalb der Straße berieselte es in einem sich nach unten verbreiternden Keil eine mit lichtgrünem Rasen bewachsene Fläche. Der Anblick des zart überfunkelten Grasteppichs inmitten der braunverbrannten Steinwüste wirkte aufheiternd. Sofort empfand Escher das lebhafte Verlangen, in das Nasse und Grüne hineinzuwaten.

Auf einem Felsklotz sitzend, begann er sein Schuhwerk aufzunesteln, als er weiter unten eine merkwürdige Gestalt den Strand entlangstapfen sah. Es war ein großer massiger Mann, kein Einheimischer, kein Araber, also ebenfalls ein Tourist. Er war mit einem dicken Knotenstock bewaffnet, den er bei jedem Schritt vor sich in den

Rasen stieß. Er hinkte. Seine Halbglatze war rot verbrannt, trotzdem ging er barhäuptig, sein Hut baumelte ihm vorn am Hosenbund, auch seine schwarze Brille hing ihm vor der Brust, dazu die Kamera an einem langen, über dem Rücken gekreuzten Riemen. Hut, Stock, Brille und Kamera verliehen der Gestalt etwas Expeditionsmäßiges, beinahe Groteskes.

Nun stieg er aufwärts, kam näher.

Escher sah: der Mann war bloßfüßig. Auch ihn hatte also der weiche, lichtgrün glitzernde Rasen angelockt. Unwillkürlich blickte Escher auf die Füße des anderen und erschrak:

Es waren sehr große, unnatürlich gelbe, verkrüppelte Füße. Escher starrte eine Sekunde auf sie hin, dann wandte er die Augen wie von etwas Unanständigem ab. Der Mann war nun ganz nah. Er strebte auf den Platz zu, wo Escher saß. Jetzt erst bemerkte dieser, daß knapp neben ihm und seinem Felsblock ein Paar schwerer schwarzer Schnürstiefel lag: *seine* Stiefel, zweifellos. Escher stand hastig auf, er hatte plötzlich keine Lust mehr, sich seines Schuhwerks zu entledigen und in dieselbe Strömung hineinzuwaten.

Oben am Straßenrand riemte er seine Sandalen wieder zu. Kurz darauf ertönte das Hupsignal. Die Fahrt ging weiter.

Drei Stunden später kamen sie unten beim Berg Horeb an. Sie bezogen ein Hotel, von dem der Reiseleiter mitteilte, es sei noch unter israelischer Besatzung erbaut worden und werde sicher schon aus diesem Grund auch die Wünsche der Verwöhntesten befriedigen.

Das Hotel war ein über eine weite Sand- und Schotterhalde ausgestreutes Gewürfel von Bungalows, in der Mitte, auf der Spitze eines Schuttkegels, ein kreisrunder Bau zwischen gestaffelten Terrassen, das Restaurant und der Sitz der Verwaltung. In dem gegenüberliegenden Felsental lag – eine schwache halbe Wegstunde entfernt – das Katharinenkloster.

Die meisten Teilnehmer der Reisegesellschaft wollten am nächsten Morgen den Sonnenaufgang auf dem Berg Horeb erleben. Dazu mußten sie allerdings schon bald nach Mitternacht aufbrechen; der Weg auf den Gipfel war weit, steinig und galt als überaus mühsam. Escher teilte dem Reiseleiter mit, daß er an dieser Unternehmung nicht teilnehmen werde; er fühle sich nicht kräftig genug dazu. Der Reiseleiter lobte seine Vorsicht und riet ihm, sich gut auszuschlafen und dann das Katharinenkloster aufzusuchen. Escher hatte das ohnehin vorgehabt.

Froh, diesmal das Frühstück allein einzunehmen, ließ er sich Zeit. Über dem Horeb stand ein stahlblauer Himmel. Die trockene Wüstenluft ließ sich leicht atmen, und so kam er in guter Stimmung bei dem Kloster an. Er löste eine Eintrittskarte und trieb sich längere Zeit zwischen den Bauten und Mauern herum, blickte in die Kirche, in die Gärten, in die Brunnen. Er versuchte sogar einen Grundriß der ineinander verschachtelten Bauten in seinen Skizzenblock zu zeichnen.

Dann wanderte er noch ein Stück taleinwärts. Das Tal glühte jetzt. So suchte er sich einen Schattenplatz, saß nieder und nickte ein.

Lange konnte er nicht geschlummert haben, da weckte ihn ein klirrender Ton. Er kam von oben, aus dem steilen, zerklüfteten Felsgelände, durch das sich, wie man ihm gesagt hatte, der steile und ausgesetzte Stufenweg vom Horebgipfel niederwand. Ein größerer Stein mußte oben losgetreten worden sein und kollerte nun von Stufe zu Stufe herunter. Escher nahm seinen Feldstecher und blickte hinauf.

Da stand, kaum daß er das Glas nach oben gewandt, eine Gestalt vor seinen Augen, die er augenblicklich wiedererkannte: der Mann von gestern mit Hut und Knotenstock, Brille und Kamera. Er kam den Stufenweg herab, sehr langsam, mühsam, mit dem Knotenstock vor sich hinstochernd, als suchte er mit ihm Halt für den nächsten Tritt.

Er mußte es auch gewesen sein, der den fallenden Stein losgetreten hatte. Gleich darauf verschwand er in der nächsten Kehre.

Seltsam verstimmt beendete Escher seine Rast und schleppte sich, nun halb betäubt von der flirrenden Hitze, zum Kloster hinab.

Eine Stunde später kehrte auch die Reisegruppe von ihrer Gipfelbesteigung zurück. Die Leute waren ermüdet, verschwitzt und von dem mühsamen Abstieg derangiert. So fiel die Führung durch das Katharinenkloster noch kürzer und oberflächlicher aus, als Escher erwartet hatte. Er war enttäuscht.

Am Abend brach ein schweres Gewitter los.

Man saß in dem Restaurant des Bungalow-Hotels und war eben dabei, den Nachtisch einzunehmen, als sich plötzlich ein schwarzer Wolkenbauch über den Horeb senkte. Zugleich zuckten die ersten Blitze. Bald fiel die Beleuchtung aus. Die Donnerschläge schallten wie Kanonenschüsse. Fünf Sekunden lang herrschte eine wütende, blendende Helligkeit, furchterregender als der gräßlichste Donner. Dann rauschte, brauste, quirlte der Regen. Es begann eine lange erlösende, plätschernde Regennacht.

Das Licht ging wieder an. Die Gesellschaft belebte sich aufs neue. Man bestellte, redete, lärmte. Escher hätte sich nun gern in sein Quartier zurückgezogen, doch da niemand Miene machte aufzubrechen, blieb auch er sitzen. Er scheute sich vor dem Weg alleine durch das weite und jetzt wohl triefend nasse Bungalowgelände.

Mit einem Mal gewahrte er Bewegung in der bedienenden Mannschaft. Irgend jemand mußte eine Neuigkeit gebracht haben, sie machte rasch die Runde. Nun trat einer der Kellner an den Reiseleiter heran und erklärte etwas. Der Reiseleiter machte ein bedenkliches Gesicht, dann zuckte er die Achseln, als sähe er sich gezwungen, ein notwendiges Übel hinzunehmen. Gleich darauf schlug er an sein Glas und erhob die Stimme:

Er müsse leider mitteilen, durch das Gewitter sei eine andere Reisegesellschaft in eine böse Lage geraten: Sand und Gesteinsmassen hätten ihr den Weg in die vorbereiteten Unterkünfte verlegt, und die Räumung der Straße könne viele Stunden, vielleicht sogar Tage dauern. So habe man ihm, dem Reiseleiter, die Frage gestellt, ob er und seine Gesellschaft bereit seien, den obdachlosen Touristen Hilfe zu gewähren.

»Doch klar!« rief eine überlaute Stimme.

Escher blickte, leicht erschrocken, in sein Glas.

». . . Hilfe, das heißt Unterkunft«, fuhr der Reiseleiter fort. Wer ein freies Bett in seinem Zimmer habe, möge, bitte, die Hand erheben.

Einige Hände zeigten auf. Als letzter hob sich Eschers Hand. Der Reiseleiter zählte. Er schien befriedigt: Es werde immerhin möglich sein, wenigstens den älteren Leuten bequemes Unterkommen anzubieten. »Und – Glück im Unglück!« ließ er sich mit wiedergewonnener professioneller Munterkeit hören, »es handelt sich um Landsleute, Deutsche und Österreicher.«

»Um so besser.« – »Bravo!« – »Nur herbei mit ihnen!«

Escher starrte in sein leeres Glas. (Viel später dachte er: Als hätte mir schon in diesem Augenblick Übles geschwant!)

Eine knappe halbe Stunde später kam die Gruppe an: erst ein Pulk jüngerer, dann ein Pulk älterer Leute. Bereits in der Drehtür erkannte Escher den Mann mit dem Knotenstock.

Die fremden Reisenden waren durch das eben Erlebte noch verstört. Doch das verlor sich bald, als sie etwas zu trinken und einen Imbiß erhalten hatten. Unter lautem Palaver und belachten Anzüglichkeiten wurden sie aufgeteilt: Herren zu

Herren, Damen zu Damen. Am Schluß war noch Escher übrig – und der Mann mit dem Knotenstock.

»Zwei Herren aus L.«, schrie der Reiseleiter, der sich nun ganz offenbar in der Rolle des rettenden Organisators gefiel, »Stadtnachbarn! – ein herrlicher Zufall!« Und dann, zu den unterkunftslos gebliebenen Junioren gewandt: »Und ihr, arme Kids, auf die Matratzen!«

In der Tat waren im Restaurant schon mehrere Matten auf dem Boden ausgebreitet worden. Der Saal leerte sich; die Leute marschierten in ihre Bungalows ab.

Als einer der letzten ging Escher mit dem ihm zugewiesenen Fremden.

Die Nacht war sehr finster. Da und dort brannte noch eine Lampe. Um so schwärzer schien die Finsternis rundum. Auf der Straße lag eine dicke Schicht nassen Sandes. Der war, erinnerte sich Escher, zuvor noch nicht dagewesen. Eine geknickte Fahnenstange verlegte den Weg und mußte umgangen werden. Dann patschten sie in Pfützen. Escher umklammerte den Schlüssel seiner Unterkunft. Er war sich nicht sicher, daß er sie finden würde.

Endlich waren sie da. Der Schlüssel sperrte. Die Tür ging auf. Bisher hatten die Männer kein Wort miteinander gesprochen. Nun ließ sich das Schweigen nicht mehr aufrechterhalten. Escher sagte: »Treten Sie ein.«

»Danke«, sagte der andere, »ich heiße Lohmann«, und deutete eine Verbeugung an.

Escher nannte seinen Namen und reichte die Hand. Der Händedruck war kurz und kalt.

Der Bungalow bestand aus einem kleinen Empfangsraum, einem größeren Schlafzimmer und einem anschließenden Waschraum, alles ein wenig schmuddelig, ein wenig heruntergekommen, aber darauf angelegt, mit Teppichen, Polsterstühlen und ziseliertem Rauchtischchen etwas wie Komfort zu inszenieren. Im Waschraum funktionierte nur der eine Hahn über dem Becken, Dusche und Spülung nur gelegentlich.

Der Betonboden war schadhaft. Die Betten waren sauber.

Escher wies auf das seine. »Hier habe ich heute geschlafen. Das andere steht zu Ihrer Verfügung.«

»Danke«, sagte Lohmann wieder und stellte seine kleine Tasche auf den Tisch. Seinen Stock lehnte er in ein Eck. Mit einer Geste gegen die offene Waschraumtür: »Wer hat nun den Vortritt?«

»Sie«, sagte Escher. »Natürlich Sie.«

Lohmann verbeugte sich zum zweiten Mal. – Militärisch, dachte Escher, so sah doch die Höflichkeit beim Militär aus.

Lohmann verschwand. Escher zog sich aus Diskretion in den Vorraum zurück. Er war schlecht gelaunt. Die Gegenwart des ungebetenen Gastes ärgerte ihn. Ihm schoß durch den Kopf, wieviel er bezahlt hatte, um jeweils allein zu wohnen. Ihn tröstete nur der eine Umstand, daß die Betten weit voneinander gerückt standen. Wäre das nicht so gewesen, ich hätte, dachte er, den Zimmergenossen abgelehnt.

Er wartete länger als nötig in dem Vorraum. Als er ins Schlafzimmer trat, lag Lohmann schon unter der Decke.

Später, das Licht war gelöscht, redeten die Männer doch miteinander. Lohmann erzählte, wo sie von dem Gewitter überrascht worden seien. Es habe wie aus Kübeln gegossen. Der Fahrer habe sich bemüht, eine Anhöhe zu erreichen, um nicht in den Sandstrom zu geraten, der sich von allen Seiten gegen das Wadi in Bewegung gesetzt habe. Einige Wagen hinter ihnen seien eingeschlossen, vielleicht zerdrückt worden. »Eine verdammte Scheißgegend«, fügte er hinzu, »eine gottverdammte . . .«

Escher fühlte sich wieder an Militärisches erinnert. So hatten Landser über Gegenden geschimpft, die ihnen mulmig erschienen. Keiner der Männer erwähnte den Umstand, daß sie, wie der Reiseleiter lauthals bekanntgegeben hatte, in derselben Stadt wohnten.

Schließlich verstummte das Gespräch. Trotzdem konnte Escher nicht einschlafen. Er wartete darauf, daß Lohmann zu schnarchen anfangen würde. Aber Lohmann schnarchte nicht.

Als Escher erwachte, war der andere schon gegangen. Er zog sich hastig an; es war höchste Zeit einzupacken, zum Frühstück zu eilen. Auf dem Programm stand eine Fahrt ans Meer, dann die Rückkehr über den Suezkanal.

Vor dem Bungalow empfing ihn funkelnde Helligkeit. Die Sonne stand schon über dem Horeb, aber sie hatte noch nicht die Zeit gehabt, das Land nach den nächtlichen Güssen zu trocknen. Pfützen glitzerten, Sandflächen glänzten, Felswände zeigten sich von schwärzlichen Bärten gestriemt: dort floß es noch aus Ritzen und Klüften.

Das wenige Grünzeug, das die Wege säumte, Agaven und andere Sukkulenten, waren vom gestrigen Sturm zerzaust, einige entwurzelt. Escher sah sich um: Er hatte gelesen, daß die Wüste unmittelbar nach einem Regen zu blühen anfange. Er konnte nichts davon bemerken.

Im Restaurant erfuhr er, daß die geplante Fahrt ausfallen müsse, noch seien viele Straßenstücke unpassierbar. Die Abreise sei verschoben. So beschloß er, sich noch einmal ins Katharinenkloster zu begeben, auch andere Leute aus seiner Gruppe hatten dasselbe vor. Escher spähte nach dem unwillkommenen Schlafgenossen. Er erblickte ihn nirgends und war erleichtert, irgendwie auch enttäuscht; er glaubte doch wenigstens ein Dankeschön verdient zu haben. Zugleich regte sich in ihm noch eine andere Empfindung: Ihm fielen die seltsamen großen, gelben Krüppelfüße von Lohmann ein. Was hatte es mit ihnen für eine Bewandtnis?

Die Rückreise nach Kairo verzögerte sich bis zum Abend. Endlich waren die überschwemmten Wadis leer geronnen, die letzten, vom Sand verlegten Straßenstücke freigemacht. Doch noch schien das Land Feuchtigkeit zu atmen. Die Felshänge leuchteten in tieferen Farben, hier in einem dunklen, gleichsam kochenden Lavarot, daneben schwärzlich und grün gebändert. Das zerscherbte

Gestein zeigte erstaunliche Formen: Löwenköpfe, Adler, einen knienden Stier, ein Menschengesicht. Ein Kunsthistoriker, der neben Escher saß, verstieg sich zu der Behauptung, daß die ganze frühorientalische Kunst mit ihren bewunderten Großplastiken vermutlich nichts weiter gewesen sei als eine Nachahmung der hier von der Natur geschaffenen Formen.

Ehe die Sonne unterging, hielt der Bus noch einmal. Der Reiseleiter forderte die Gesellschaft auf, einen Blick nach rückwärts zu werfen: Noch einmal grüße Moses' Berg, der Berg des Gesetzes, herüber. Alle drehten sich um, auch Escher. Aber zwischen den vielen sichtbaren Bergzacken war der eine nicht mehr zu unterscheiden.

Zwei Tage danach war Escher zu Hause. Ein halbes Jahr später traf er wieder mit Lohmann zusammen. Lohmann war diesmal nicht allein. Er war in Begleitung einer Frau und der Dogge.

Nach einer langen Schleife über den unbelebten Stadtplatz, an Kirche und Schule vorbei, kamen sie an die Friedhofsmauer. Da lag Luisa in einem Wandgrab zwischen zwei jungen Zypressen. Der Hund machte Miene, in den Friedhof einzudringen. Der Mann stemmte sich gegen den Zug der Leine. Die Vorstellung, der Hund könnte drinnen an den Grabhügeln schnuppern, gar seine Marke setzen, war ihm widerwärtig. Wo Luisas Zypressenwipfel über die Mauer ragten, blieb er stehen und lüftete den Hut.

Danach bog er in ein finsteres Sträßchen ein.

Es hatte einen hübschen Namen: Bienenweg. Hier mochte einmal ein Imker gewohnt haben. Etliche Mostbirnbäume säumten den Rain; im Frühling eine gute Immenweide.

Escher war das Sträßchen früher oft und gern gegangen. Jetzt ging er es nur, um wieder ein Stück der fünf Kilometer abzuwandern, zu denen er sich verpflichtet fühlte.

Er verstand (und gab Lohmann darin recht): Die Kraftmaschine dieses Tieres mußte sich bewegen dürfen. Sonst stauten sich die Energien zu unbezähmbarer Angriffslust, womöglich zu Raserei. Nichts fürchterlicher, als sich vorzustellen, die Dogge könnte von plötzlicher Beißwut befallen werden. Wer konnte erraten, was in dem breiten Schädel vorging? Auch Menschen waren unberechenbar. Doch sie konnten reden, andeuten, vor sich selbst warnen. Aber das Tier?

Escher hatte sich geschworen, die Dogge nie auf offener Straße freizulassen. Nun tat er es doch. Sie sollte rennen und toben dürfen, ganz gleich, was geschah.

Escher lehnte an einem Zaun und atmete schwer.

Die Turmuhr schlug acht.

»Drei Wochen«, hatte Lohmann gesagt, »und keinen Tag länger. Ich gebe Ihnen mein Ehrenwort. Übrigens – Sie werden das Tier ins Herz schließen«, fuhr er grinsend fort. »Und wer weiß? Vielleicht wollen Sie es gar nicht mehr hergeben.«

Escher schüttelte den Kopf. Er fand in sich keine Spur einer, und sei es auch noch so schwachen, Sympathie für den gelben Riesen. Ja, wäre der Hund kleiner gewesen, ein Dackel vielleicht, ein Terrier, ein Setter oder auch noch ein Schäferhund! Doch vom ersten Augenblick an hatte er die Dogge nur mit Widerwillen und dem Gefühl ansehen können, daß seine Größe etwas Obszönes an sich hatte.

Es war im Kürnberger Wald gewesen, an einem Wochentag, an das Datum konnte er sich nicht mehr erinnern; doch daß es ein Wochentag gewesen war, wußte er sicher: da konnte man damit rechnen, nicht allzu vielen Spaziergängern zu begegnen. Der Wald bedeckte eine flache Kuppe im Westen der Stadt, hauptsächlich Fichtenwald und – gegen Norden – ein breiter Streifen alter Buchen. Den Fuß der Kuppe umrundete eine fast ebene Forststraße. Da stand die Bank.

Eigentlich waren es drei Bänke, sie bildeten einen Halbkreis, denn zwei von ihnen waren aus gekrümmten Stämmen geschnitten. In der Mitte stand ein Tisch aus Stein. Da konnten Ausflügler kleine Mahlzeiten halten. Escher hatte nichts Eßbares eingesteckt. Er saß nur da und rastete.

Er dachte an das Buch, das er noch einmal schreiben wollte. Da kamen die drei. Zuerst sah er die Dogge, dann den Mann, dann die Frau. Sie war es, die den Hund führte.

Die drei kamen einen schmalen gewundenen Pfad den Hang herab; ein Dickicht aus gelbem

Vorjahrsgras und grauen Disteln versteckte ihre Füße. Nun bogen sie in die Forststraße ein, sie strebten auf die Bänke zu. Der Mann hinkte und schwang seinen Stock.

Escher erkannte ihn sofort: Lohmann.

Auch Lohmann mußte Escher erkannt haben. Er zögerte, Platz zu nehmen. Dann aber tippte er an seine Mütze. »Oh, ist's möglich? Mein Gastgeber vom Sinai! Guten Tag. Was machen Sie denn hier?« Sie reichten einander die Hände. Die Dogge schnüffelte an Eschers Hosenbein. So saßen sie denn zu dritt, der riesige Hund zu ihren Füßen. Jetzt hatte Lohmann die Leine übernommen. Er machte Escher mit der Frau bekannt.

Sie redeten stockend, als ob sie eigentlich nicht reden wollten, aber so, wie sie einander gegenübersaßen, waren einige Sätze unvermeidlich. So redeten sie über das Wetter und den Wind und über die alte verfallenene Fluchtburg, die hier in letzter Zeit freigelegt worden war; dann über den Sinai und das Gewitter über dem Horeb. Escher erwähnte die verunglückte Reise nach Abu Simbel. Dabei blickte er fast unverwandt die Dogge an; sie schien ihm ungeheuerlich in ihrer Größe, Schwere, Massigkeit. Wie konnte jemand den Einfall haben, sich einen solchen Riesen zu halten?

Gehörte er Lohmann oder der Frau oder beiden? Escher glaubte zu erraten, daß sie nicht verheiratet seien. Also, dachte er, muß der Hund wohl doch dem Mann gehören.

Nach einer Weile brachen sie auf. Lohmann und seine Begleiterin strebten der Donau zu,

Escher wollte vorher abbiegen. Auf den letzten zweihundert Metern ihres gemeinsamen Weges kamen sie auf die gerade stattfindende Schachweltmeisterschaft zu sprechen. Escher sagte, er verfolge die Partien.

Lohmann: »Sie spielen also auch?«

Escher: »Mitunter.«

Das Unglück war geschehen. Sie verabredeten sich zu einer Schachpartie.

Sie trafen sich in Carolas Wohnung. Diese war von Eschers Appartement nur vier Bushaltestellen entfernt. Wo Lohmanns Wohnung lag, erfuhr Escher nicht. Er mußte sich weit außerhalb in einem Einzelgehöft eingemietet haben. Denn Lohmann sprach von seiner Vorliebe für Stille und Natur und davon, daß der Hund seinen Auslauf brauche.

Carolas Heim war, ähnlich wie Eschers Wohnung, in einem neuen Haus, nur kleiner und, wie er mit Befriedigung feststellte, nicht so ordentlich und saubergehalten. Statt der Bücherreihen bedeckten Orientteppiche die Wände. In der Kochnische standen Stapel ungewaschenen Geschirrs.

Carola war, als Escher das erstemal eintraf, nicht zugegen. Lohmann besaß den Schlüssel. Für die Dogge war eine Decke ausgelegt. Der Hund schien hier seinen festen Platz zu haben.

Die Männer setzten sich an das Schachbrett. In einer Warmhaltekanne war ein Mokka bereitgestellt. Escher nahm sich vor, nichts davon zu trinken, nachdem er einen Blick auf die bräunlich verfärbten Tassen geworfen hatte.

Später trank er doch.

Sie spielten vier Partien hintereinander. Eine davon konnte Escher für sich gewinnen, eine lief auf Remis aus; zwei hatte Lohmann für sich entschieden.

Nach der vierten Partie fühlte sich Escher erschöpft. Lohmann wollte eine fünfte aufstellen. Da läutete es.

Escher erwartete, daß Lohmann öffnen würde. Doch Lohmann ließ sich Zeit. Erst nach dem zweiten Läuten erhob er sich langsam und latschte in seinen großen schwarzen Schnürschuhen hinaus. Auch dort mußte er sich Zeit gelassen haben, denn als er endlich den Hörer der Sprechanlage abhob, war niemand mehr da. Lohmann kehrte zurück. Er hatte offenbar die Lust auf eine weitere Partie verloren.

Gleich darauf erschien Carola.

Carola war, wie Escher erst jetzt verstand, nicht ihr Vor-, sondern ihr Zuname. Sie war eine große hagere Person mittleren Alters; in ihrer Jugend mußte sie das gewesen sein, was die Franzosen *une belle laide* nennen, eine häßliche Schönheit, eine interessante Erscheinung. Ihre großen hellen Augen glänzten vor Wachheit. Das Haar trug sie glatt und zu einer knappen Pagenfrisur geschnitten. Ihre Kleidung war sportlich einfach, aus sandgrauem Cord. Mit Lohmann schien sie vertraut, weniger wie eine Geliebte als wie eine Gefährtin gemeinsamer Fahrten, Unternehmungen,

Abenteuer. Ihn begrüßte sie flüchtig und fragte dann Escher nach dem Verlauf der Schachpartien; dem Hund, der schweifwedelnd aufgesprungen war und sich gegen ihr Knie drückte, tätschelte sie Kopf und Hals.

Dann setzte sie sich abseits von den Männern auf das Sofa, zog Jacke und Schuhe aus und gab zu erkennen, daß sie jetzt ruhen wolle. Die Gäste erhoben sich. Gemeinsam verließen sie das Haus, nicht ohne eine neue Zusammenkunft am selben Platz verabredet zu haben.

Egon Escher hatte viele Abende mit Luisa vor dem Schachbrett verbracht. Obwohl er weit besser spielte als sie, war es immer wieder sie gewesen, die eine Partie vorschlug. Dann unterlag sie acht von zehn Mal, was aber ihre Spiellust keineswegs zu mindern schien. Glaubte sie einen Vorteil erlangt zu haben, wurde sie siegessicher und trällerte gutgelaunt vor sich hin. In dieser Stimmung vergab sie meist die besten Chancen. Immerhin spielte Luisa gut genug, um Escher zu größter Aufmerksamkeit zu zwingen. Ein Augenblick der Zerstreutheit konnte ihn die Partie kosten. Dann war er niedergeschlagen und beneidete Luisa um die Gelassenheit, mit der sie immer wieder verlor.

Aber nie hatte die ungleiche Partnerschaft ihren ehelichen Frieden gestört.

Natürlicherweise lagen die Dinge, was Lohmann betraf, ganz anders. Lohmann war ein gewiefter und äußerst bedachtsamer Spieler. Er nutzte seine Zugzeiten aus und schien sie zu genießen. Nur im Endspiel verlor er manchmal die Geduld. Dann wagte er zuviel, das war Eschers Chance, er gewann oder erzwang ein Remis. Ein Remis ließ beiden Spielern die Ehre. Das waren dann behagliche Augenblicke.

Die Dogge war immer dabei.

Escher glaubte bald erkannt zu haben, daß der Hund seinen Herrn fürchtete. Er gehorchte nicht nur aufs Wort, er war immer auf dem Sprung zu gehorchen. Wenn Lohmann sich reckte, streckte, seine Stimme erhob, schien der Hund vor Spannung zu zittern: seine Ohren standen, seine Augen rollten. Und wenn Lohmann einen Befehl ausgesprochen hatte, war das Tier voll in Bereitschaft, auch dem nächsten Befehl zu gehorchen.

Escher konnte nicht umhin, Lohmann darauf anzusprechen. Jaja, die Dogge sei gut dressiert, gab dieser zu. Dressur beruhe eben auf bestimmten Angstimpulsen. »Wie jede Disziplin, bei Mensch und Tier«, fügte er hinzu und lachte.

Sein Lachen, dachte Escher, hat etwas Ungutes.

Er nahm sich vor, über die Zusammenhänge von Disziplin und Zutrauen, von Angst und Dressur nachzudenken. Warum sollte Disziplin nicht auch auf Liebe beruhen? Er suchte in seinem Leben nach Beispielen. Seine und Luisas Ehe war eine Beziehung auch der Disziplin gewesen. Zum erstenmal stieg in ihm der Verdacht auf, es habe auch Furcht zwischen ihnen eine Rolle gespielt,

Furcht wovor? Voreinander? Der Gedanke erschreckte ihn. Er schob ihn weg.

Jetzt, da die Dogge bei ihm war, fiel ihm wieder ein, was Lohmann gesagt hatte. Er mußte sich eingestehen, daß sich die Mechanismen der Dressur schon gelockert hatten. Noch wirkte ein hervorgezischtes »Kusch!« oder »Bei Fuß!«, aber es wirkte nicht mehr, wie es bei Lohmann gewirkt hatte: augenblicklich und präzise. Es mußte wiederholt werden, lauter und immer lauter. Noch wagte das Tier nicht zu betteln, wenn Escher aß. Aber er merkte, daß es zu betteln wünschte. Demnächst, dachte er, wird es mich anspringen. – Doch *demnächst* würde sich, gottlob, nichts mehr ereignen. Es waren nur noch fünf Tage bis zu der von Lohmann angekündigten Rückkehr.

Escher erging sich in allerlei angenehmen Vorstellungen, was er unternehmen werde, wenn der Hund erst einmal abgeholt sein würde. Dann wollte er sich für die überstandene Zeit belohnen. Er wälzte Pläne. Obwohl er sich matt und erholungsbedürftig fühlte, dachte er dabei nicht nur an Ruhe und Entspannung. Er glaubte, sich ein Vergnügen gönnen zu sollen, eine Reise nach Wien, einen Opernbesuch.

Er hatte Freunde in Wien, sie würden ihn gerne aufnehmen. Sie sollten ihm ein Billett besorgen. Wie lange hatte er keine Oper mehr gehört! Dann wieder fiel ihm ein, auch eine Reise ins Salzkammergut anzupeilen. Er liebte den Traunsee. Er liebte Ischl. Er dachte sogar an einen Besuch im Spielkasino.

Schließlich entschied er sich doch für Wien. Dort sagte er sich bei seinen Freunden an und erkundigte sich nach den Programmen. Man schwärmte ihm von einer interessanten »Tosca«-Inszenierung vor. Sie laufe jedoch bald aus. Escher bestellte eine Karte.

Diesmal wollte er nicht nur auf der Galerie sitzen. Er wollte sich einen Sperrsitz leisten. Er blätterte in seinem Opernführer und frischte seine Erinnerungen an die Handlung auf. In einem Augenblick heiterer Laune ließ er sogar seine guten Anzüge Revue passieren. Er wollte dort in feiner Schale glänzen. Zwei graue Nadelstreif fand er sogar nach strenger Prüfung würdig, bei festlicher Gelegenheit getragen zu werden. Sogar die Krawatten unterwarf er schon einer Auswahl. Zu seiner eigenen Überraschung pfiff er dabei vor sich hin. Er fühlte sich aufgeräumt. Jetzt, da es dem Ende zuging, fand er die Dogge mit einem Male nicht so unerträglich wie bisher. Begann er sich an sie zu gewöhnen? Nein. Diese Vermutung wies er weit von sich. Dennoch unterlief es ihm, daß er sie ansprach. »Na, was denn? Was denn? Gleich kriegst dein Fressen.« Und vor dem verhaßten Pflichtspaziergang: »Ist schon recht. Ich geh' ja schon. Natürlich geh' ich. Was werd' ich nicht?« Und wenn das Tier herumzurasen begann: »Sei doch kein Narrerl, du. Weiß eh, was du willst!« Und eines Tages, am Abend: »Morgen kommt dein Herrl – he! Morgen kommt's. Dann wirst springen.«

Noch einmal rief Escher in Wien an. Er vergewisserte sich, daß die Karte bestellt sei. Der Freund ließ Zweifel laut werden, ob Escher denn wirklich reisen werde? – »Aber ja. Wieso denn nicht?« – »Nun, dein Bekannter könnte sich verspäten!« – »Nein!« Escher schrie es beinahe in die Muschel, »unmöglich.«

Er legte auf.

Später erschrak er selbst über seine Heftigkeit. Er rief noch einmal an. Niemand meldete sich.

Zum erstenmal dachte er daran, daß sich Lohmann wirklich verspäten könnte. Plötzlich fühlte er sich krank und entkräftet.

Schon in der zweiten Woche nach Lohmanns Abreise war der Vorrat aufgezehrt, den er im letzten Augenblick bei Escher abgeladen hatte, einen Sack voll Büchsen, viele Kilogramm. Escher hatte ihn in seine Wohnung geschleift. Er war verwundert: so gewaltig schien ihm die Menge; unmöglich, daß sie in drei Wochen vertilgt sein könnte. Das Tier aber vertilgte. Nach vierzehn Tagen sah sich Escher gezwungen, die klebrige Fleischmasse mit Graupen und Bruchreis zu strecken. Immer mehr Graupen und Reis fügte er zu, er hatte sie vorher in Würfelsuppe gar gekocht. Die Dogge nahm auch das gestreckte Futter, aber als der Anteil des Streckstoffs überwog, verweigerte sie das Fressen. Nun mußte Escher selbst Hundefutter besorgen.

Nie zuvor war er in seinem Supermarkt an eines der Regale herangetreten, auf denen Nahrung für Hunde, Katzen und Vögel angeboten wurde. Mit abschätzigen Blicken hatte er die Leute gestreift, die dort mit Eifer wählten. Keine Werbung ärgerte ihn mehr als die süßlichen Plakate und Fernsehspots, die Hündchen und Kätzchen selig schlappernd an ihren Schüsseln zeigten.

Nun mußte er selbst wählen und sich beraten lassen. Mit Widerwillen legte er zwei große Dosen in seinen Drahtkorb. Als er damit an die Kasse kam, erwartete er, daß ihn die Kassiererin, wenn auch noch so leise, belächeln würde. Sie aber tippte die Preise ein und schob die Büchsen ohne Wimpernzucken in sein Netz.

Escher ging damit fort; ihm war, als habe er soeben eine Niederlage erlitten.

Dennoch war er noch immer überzeugt, daß er die Dogge heute oder morgen loswerden würde.

Der Termin war der zehnte November.

Escher begann die Stunden zu zählen.

Als Schalterbeamter hatte Escher es sich angewöhnt, seine tägliche Kundschaft nicht nur zu beobachten, sondern sie auch einer gewissen Einteilung zu unterwerfen. Das zerstreute ihn und machte ihm die jahrelange Routinearbeit erträglicher. Er unterschied seine Kunden nicht so sehr nach der Höhe ihrer Konten, sondern eher nach ihrem Umgang mit denselben. Da waren die Knausrigen und die Verschwender, die lustigen Schuldenmacher und die Pedanten, die sich nach dem Verbleib jedes Groschens erkundigten, die Jammerlappen, die bei der geringsten Gebührenerhöhung ihren Ruin ankündigten. Escher erlaubte es sich, die einen still zu belächeln, die anderen mit einem gemurmelten Wörtchen zu trösten, die Leichtsinnigen gelegentlich zu warnen. In den meisten Fällen wußte er über die finanziellen Verhältnisse seiner Kundschaft besser Bescheid, als dieser vielleicht lieb war. Aber natürlich schwieg er darüber, wie es seine Pflicht war, selbst Luisa gegenüber, die ihn übrigens nie mit derartigen Fragen bedrängt hatte.

Es konnte natürlich nicht ausbleiben, daß er nicht nur über die materiellen Bedingungen seiner Kunden, sondern – mindestens gelegentlich – auch über die seiner anderen Bekannten nachdachte; so hatte er sich, solange Lohmann im Lande war, manchmal gefragt, wie es um diesen stünde, wovon er lebte, wie die Carola ihren Unterhalt bestritt und warum die beiden eigentlich zwei Wohnungen hielten, da ein gemeinsamer Haushalt sicherlich billiger gekommen wäre. Bezog Lohmann eine Pension? Er hatte nie von einem Beruf gesprochen. Galt er als Kriegsversehrter? – Warum pflegte die Carola meist erst gegen Abend zurückzukommen? Welche Tätigkeit übte sie aus? – Eine Zeitlang glaubte Escher, daß sie in einer Agentur arbeitete. Dann verwarf er diese Annahme. Hatte sie Familie, hatten sie gar gemeinsame Kinder? Escher pflegte nicht in fremden Wohnungen neugierig herumzuspähen; doch wenn er beim Schachspiel Lohmanns nächsten Zug erwartete, waren seine Augen doch manchmal vom Brett ab- und die Wände entlanggewandert. Da hingen keine Bilder, nur Teppiche – schöne, alte kostbare –, ja, und, wie er sich jetzt zu entsinnen meinte, eine große Weltkarte mit eingezeichneten Schiffahrts- und Fluglinien; wie in einem Reisebüro, war es ihm damals durch den Kopf geschossen, und ein Eindruck von Ort- und Heimatlosigkeit hatte ihn angeweht.

So blieben ihm, Escher, die Lebensumstände seines Schachpartners und auch der Frau, deren Wohnung er frequentierte, merkwürdig undurchsichtig. Daß Lohmanns Anzug fast immer vernachlässigt aussah, hatte vielleicht nicht viel zu besagen, das konnte Marotte sein. Wenn Lohmann rauchte, er tat es nicht oft, dann tat er sich allerdings an den teuersten Zigarren gütlich. Auf einem Tischchen standen Batterien von Flaschen mit exquisiten Getränken, und schließlich: auch der Hund, die gewaltige Dogge, war nicht gerade ein billiges Hobby zu nennen.

Einmal hatte Escher nach einer Schachpartie einen Streit zwischen Lohmann und Carola erlebt, einen leisen, aber heftigen Wortwechsel von bösartiger Intensität. Soviel er begriffen hatte, ging es dabei um eine Schneiderrechnung, also doch wohl nur um eine Lappalie. Escher hörte geflissentlich weg. Trotzdem konnte er nicht umhin, sich zu wundern. Ihm, der auf Grund langer Erfahrung immer geglaubt hatte, materielle Lebensverhältnisse rasch durchblicken zu können, blieb hier manches undurchschaubar. Aber er dachte darüber hinweg: Was ging es ihn an?

Ebenso undurchschaubar blieb ihm Lohmanns

politische Einstellung. Eine Wahl stand bevor, auf den Straßen wimmelte es von Plakaten. Escher war, zwar ohne Begeisterung, auf seine konservative Partei eingeschworen. Er hielt sie – bei aller Skepsis und Zurückhaltung – für noch am ehesten imstande, die Probleme des Landes schrittweise lösen zu können.

Vorsichtig sprach er Lohmann auf den Wahlkampf an, der gerade heftig im Gange war: Lohmann faltete nur die Brauen und schob die gekrümmte Unterlippe vor. Er signalisierte damit sein Desinteresse. Desinteresse an der Politik des Landes – oder an Politik überhaupt? Trotzdem lagen im Studio der Carola Stöße von Zeitungen herum. Es waren vor allem Wirtschaftsblätter. Aha, sie spekulieren, dachte Escher flüchtig. Dann vergaß er seine Vermutung.

Der zehnte November kam heran und verging. Auch der elfte. Escher wurde unruhig. Wenn es schellte, stürzte er an die Sprechanlage und lauschte. Aber nie ließ sich die erwartete Stimme hören. »Post«, sprach es aus den Lamellen oder »Haussammlung der Caritas«. Am zwölften, dem Tag, an dem er nach Wien hatte reisen wollen, rief er bei der Opernkasse an und gab den Platz frei. Die letzte »Tosca«-Aufführung in der vielgerühmten Inszenierung mußte ohne ihn stattfinden. Dem Wiener Freund schickte er ein Telegramm: »An Grippe erkrankt.« Am 13. sah er sich von neuem gezwungen, Hundefutter zu kaufen. Am 14. rief er bei der Carola an.

Er bekam keine Verbindung.

Am 15. rief er dreimal an, in der Früh, zu Mittag, am Abend.

Am 16. endlich: Carolas Stimme.

Sie fiel ihm sofort ins Wort: Sie werde soeben abgeholt und habe keine Zeit, nein, leider auch keine Minute. Er möge morgen anrufen.

Am nächsten Tag saß er schon um sieben am Apparat. Er wählte die ihm inzwischen mechanisch geläufige Nummer. Nach zehnmaligem Freiton: »Hier Carola.«

»Hier spricht Escher.«

»Ach, Escher!« Der Name klang gedehnt.

»Ja, Escher! Ich möchte wetten, Sie wissen, warum ich anrufe.«

»Keine Ahnung.«

»So? Keine Ahnung? – Ihr Freund, Herr Lohmann, hat mir versprochen, am zehnten des Monats zurückzukommen.«

»Hat er das?«

»Hat er. Jawohl. Unter Ehrenwort.«

»Ehrenwort.« Die Wiederholung klang, als ob die Carola lachte. »Tatsächlich?«

»Tatsächlich. Er ist bis heute nicht gekommen.«

»Ach –«

Eschers Stimme bebte vor Empörung: »Was hat das zu bedeuten? Ich habe diese Dogge, dieses Vieh –«

»Ja, richtig –«

»Ich habe die Dogge unter der Bedingung übernommen, daß – daß –« Escher merkte mit Entsetzen, daß er am ganzen Körper bebte. Seine Stimme brach. Er stieß ein heiseres Krächzen aus. Dann fiel ihm der Hörer aus der Hand.

Trotzdem war Carolas gedehntes: »Ja . . . ja? Hallo, was ist denn?« noch zu vernehmen. Und dann, nach einem dumpfen Laut: »Hm, hm«, das Knacken in der Leitung.

Stille.

Escher wankte in seine Küche. Dort saß er eine lange Weile still, das Gesicht in den Händen vergraben, die Beine verkrampft unter den Leib gezogen. Lautlos, als hätte sie die Klauen eingezogen, kam die Dogge von ihrer Matratze.

Als sie mit ihrer Schnauze, gleichsam fragend, an Eschers Knie stieß, sprang er auf und schrie: »Was mach' ich jetzt mit dir, du Biest?«

Noch während er schrie, begann er sich seines Ausbruchs zu schämen. Die Dogge stand starr, das Gesicht zu ihm erhoben, nichts begreifend. Der Zorn dieses Mannes konnte für sie nicht mehr bedeuten als ein mechanischer Stoß vor die Brust.

Escher drehte sich um und lief an ihr vorbei in das Zimmer. Wieder wählte er die Nummer von Carola. Wieder mußte er lange warten. Dann eine fremde Stimme: »Hallo?«

»Ich möchte Frau Carola sprechen.«

»Wen?«

»Frau Carola.«

»Kenn' ich nicht.«

»Aber –«

»Kenn' ich nicht.«

Hatte sich Escher verwählt?

Er rang nach Luft und versuchte sich zu fassen. Sicher. Er hatte sich verwählt. Sein Zorn verteilte sich jetzt auf dreierlei: auf die Carola, auf die Dogge und sich selbst; auch auf sich selbst: Wie hatte er Lohmann, diesem Schurken, vertrauen können?

Zum erstenmal dachte Escher an Lohmann als an einen Schurken. Die Vokabel kam in seinen Gedanken ansonsten nicht vor. Er zuckte selbst vor ihr zurück. Sie schien ihm zu ungeheuerlich. Doch noch in derselben Minute kehrte das Wort zurück. Nun stand es, unabweisbar, da, sonnenklar, und füllte seinen ganzen Kopf: *Lohmann, der Schurke.* Alles, was Escher bisher an dem anderen widerwärtig aufgestoßen war, vom ersten Augenblick ihrer Begegnung an, und bei allen Begegnungen danach, schoß in ihm zu einer Unumstößlichkeit zusammen: *der Schurke.* Nun war es Gewißheit: Lohmann hatte ihn belogen, betrogen. Er hatte nie vorgehabt, nach drei Wochen zurückzukehren. Wer weiß, ob er jemals wiederkam!

Und wenn er *nicht* wiederkam, *warum* kam er nicht wieder?

Escher rekapitulierte, was ihm alles an Lohmann widerwärtig gewesen war: seine großen gelben, verkrüppelten Füße damals auf dem berieselten Rasen am Sinai, aber auch die schweren, klumpigen Schuhe, in denen er die Füße verbarg, der lächerliche Knotenstock mit der Lederschlaufe, der schwere, schlaffe Bauch hinter dem nie ganz sauberen Hemd in der plumpen, offenbar nie gebügelten Hose.

Und schließlich: Lohmanns Hände.

Escher bildete sich ein, er habe nie häßlichere Hände gesehen. Die Glieder ihrer Finger standen in einem Mißverhältnis zueinander: das letzte Fingerglied war zu kurz, das mittlere zu lang. So glichen die Finger Klauen, die Raffgier oder noch Schlimmeres verrieten.

Beim Schachspiel hatte Escher diese Hände vor sich gehabt, wie sie wartend hinter dem Brettrand lagen, sich dann vorstreckten, eine Figur faßten und sie – je nach Konstellation – vor- oder zurückschoben. Manches Mal hatte der Anblick dieser Hände seine Gedanken verwirrt, so daß er sich schließlich zwang wegzusehen, wenn Lohmann zog. Ohne diese Irritation glaubte er, eher gewinnen zu können.

Die Wohnung der Carola, in der sie einander trafen (und nie trafen sie einander an einem anderen Ort), roch immer intensiv nach Zigarettenrauch. Die Carola mußte eine eifrige, eine süchtige Raucherin sein. Überall standen Aschenbecher herum, in manchen lagen bis auf den Filter abgeschmauchte Kippen. Da Escher nicht selten ins Café ging, war er an Rauchschwaden und -geruch gewöhnt. Auch in der Bank war in den geschlossenen Büros geraucht worden, und Escher hatte es sich nach einigen Jahren derselben Sucht nur seines labilen Kreislaufs zuliebe abgewöhnt. So hatte er in der Wohnung der Carola keinen Anstoß an der verqualmten Luft genommen.

Doch mit der Zeit glaubte er hier noch einen anderen Geruch zu spüren. Dieser ging von Lohmann aus, ein miefiger Hauch, wie er abgelegten Kleidern und nie gelüfteten Betten entströmt, ein Gemisch von Schweiß und anderen Sekreten; einmal dachte Escher sogar: wie nach alter Menstruationswäsche.

Er fühlte sich so angewidert, daß er manchmal seinen Stuhl zurückrückte und, als auch das nichts nützte, aufstand und eine Fensterklappe öffnete. Carolas Wohnraum, eine Art Studio, war nur durch Fensterklappen zu belüften.

Er blieb unter der Klappe stehen und atmete tief.

»Ans Spiel, ans Spiel, Herr Kamerad!« sagte Lohmann. »Sie sind am Zug.«

»Herr Kamerad!« Auch diese Anrede gefiel Escher nicht. Er wußte zwar, sie war unter älteren Herren üblich. Sie stammte aus der Militärzeit, vielleicht auch aus der Zeit gemeinsamer Gefangenschaft. Er, Escher, war nie im Krieg und nur ganz kurz beim Militär gewesen. Im Jahre 1939, als der Krieg ausbrach, war er sechzehn, also zu jung, um eingezogen zu werden. Mit siebzehn war er an einer damals grassierenden Gelbsucht schwer erkrankt. Mit neunzehn bei den Gebirgsjägern eingeteilt, stürzte er bei einer Übung ab und wurde mit komplizierten Brüchen ins Lazarett eingeliefert. So entkam er dem Krieg bis in die letzten Tage. Ein einziges Mal erlebte er noch etwas wie ein Gefecht, dann warf er seine Knarre in den nächsten Fluß und ließ sich von einem GI gefangennehmen. Nachdem ihm dieser Kompaß,

Uhr und ein goldenes Medaillon mit dem Bild seiner Mutter abgenommen hatte, versetzte der Sieger ihm einen Tritt in das Hinterteil und rief: »Go home, boy!« Das war alles, was Escher hätte vom Krieg berichten können.

Genügte es, um von Lohmann als »Herr Kamerad« betitelt zu werden?

Er hütete sich noch lange Zeit später, vor Männern seines Alters und Älteren von seiner Militärzeit zu sprechen. Er wußte aus Erfahrung, wie rasch das Mißtrauen hochsprang: Der hat sich gedrückt.

Selbst sein bester Freund hatte sich damals, nach dem schrecklichen Absturz im Gebirge, ähnlich geäußert: »Du hast es dir ja zu richten gewußt.« Der Freund war dann in Rußland gefallen. Ihr Abschied war kalt, fast feindselig gewesen. Escher litt noch heute darunter.

Inzwischen hatten sich die Zeiten geändert. Niemand kam mehr auf den Gedanken, einer habe sich »gedrückt«, höchstens, er sei klug genug gewesen, das Inferno zu vermeiden. Sogar an den Stammtischen war das Reden vom Krieg dünner, leiser, beiläufiger geworden. Wer brüstete sich noch, ein »altes Frontschwein« gewesen zu sein? Das Selbstbewußtsein der Menschen schien sich von dem, was sie erlitten hatten, auf das, was sie besaßen und genießen konnten, verlagert zu haben.

Obwohl Lohmann ebensowenig vom Krieg sprach, war Escher überzeugt, daß Lohmann lange bei der Wehrmacht oder anderen Verbänden gründlich in das Kriegsgeschehen verwickelt gewesen sei. Daran war nicht nur die Anrede schuld; es gab auch andere Gründe, vor allem, daß Lohmann über das Schachspiel wie über eine Art Kriegsspiel zu sprechen pflegte. Mit Eifer erörterte er die Vor- und Nachteile der Eröffnungen: sizilianisch gegen indisch, angenommenes gegen abgelehntes Damengambit. Auch über die Stile der großen Schachmeister erging er sich in langen Erörterungen, wobei er meist für die Russen, gegen Franzosen und Engländer und geradezu leidenschaftlich gegen die Amerikaner Partei ergriff. Dabei entschlüpften ihm immer wieder Ausdrücke, wie sie Escher noch aus den Wehrmachtberichten im Ohr hatte: In-die-Zange-Nehmen (statt Angreifen). Sichern (statt Decken), Ausschalten (statt Schlagen). Dann blickte Escher kurz auf: Er sah Lohmanns Augen funkeln und in seinen Zügen eine wetterleuchtende Spannung.

Im übrigen war Lohmann ein fairer Spieler. Als er bemerkte, daß Escher darauf verzichtete, en passant zu schlagen, verzichtete er ebenfalls darauf. Er hielt sich an den Grundsatz: Berührte Figur zieht, wobei er jedoch Escher nicht zu Gleichem zwang. Einmal ließ er sich sogar warnend vernehmen, als Escher dabei war, seine Dame in Gefahr zu bringen. Escher erschrak, korrigierte und bedankte sich. Lohmann meckerte: »Gerne geschehen, Herr Kamerad!«

Diese Dinge gingen ihm im Kopf herum, während er Lohmanns Dogge fütterte, sie ausführte, ihr

Maulkorb und Leine anlegte, wieder abnahm und sie wieder nach Hause brachte; während er ihr Fell striegelte, ihre Wasserschüssel ausspülte und wieder füllte, ihre Decke ausschüttelte und wieder aufbreitete.

Ehe die Dogge bei ihm eingezogen war, hatte Escher gerade wieder eine größere essayistische Arbeit begonnen. Er war der Überzeugung gewesen, er werde sie rasch und zügig zu Ende führen. Selten war er seiner Sache so gewiß gewesen.

Seither hatte er keine Zeile mehr geschrieben. Die gesammelten Notizen lagen brach. Die ersten durchformulierten Sätze starrten ihn öde an, als wäre da nie etwas anzuknüpfen gewesen.

Das Thema verwelkte, und wenn er sich zwang, es neu zu beleben, schien es in Unerheblichkeit zu zerfallen. Hofmannsthals modrige Pilze fielen ihm ein. Angewidert schob er die Blätter von sich. Die Dogge, dachte er, die Dogge hat alles zerstört.

Auch in anderen Belangen fühlte er sich aus dem Tritt gebracht. Der morgendliche Pflichtspaziergang ermüdete ihn so, daß er danach keine Lust mehr empfand, seine Wohnung – wie sonst – in jene peinlich genaue Ordnung zu bringen, die ihn stets mit einer Art Glücksgefühl belohnt hatte. Sein Bett war zu Mittag noch ungemacht, Flaschen und Plastikbehälter, die er früher gesammelt und gesondert zu den Containern getragen hatte, stopfte er jetzt unverlesen in den Müll. Selbst das Zubereiten seines Essens verursachte ihm Beschwerden. Die beiden Hundeschüsseln, die in der Küche neben dem Spülbecken standen, stachen ihm widrig in die Augen. Ein stehengebliebener Futterrest ekelte ihn einmal so an, daß er die Küche verließ.

Später holte er sich ein Stück Brot und trank dazu Bier aus der Dose.

Ermattet hörte er, wie der Hund hinter seinem Schreibtisch aufgeregt schniefte. Er begab sich in sein Schlafzimmer und schloß sich ein.

Wie jeder wohlmeinende und sensible Mensch hatte sich Escher bisher für einen Tierfreund gehalten. Nun zählte er sich die Tiere vor, mit denen er im Laufe seines Lebens näheren Umgang gehabt hatte. Es waren ihrer nicht viele. Seine Eltern hatten, wie damals üblich, etliche Zimmervögel in Käfigen gehalten: einen Kanari, einen Zeisig, ein Dompfaffenpärchen. Ihrer dachte Escher mit Rührung. Später war der Familie eine Katze zugelaufen, nach Kriegsende ein halbverhungerter Hund, ein kleiner Bastard. Egon mochte ihn sehr. Obwohl die Familie Not litt, brachte sie das Tier mit durch. Ein Jahr später wurde es von einem Besatzungsjeep überfahren. Egon Escher, einundzwanzig Jahre alt, hatte geweint.

Lange ehe er Luisa heiratete, war er stolzer Besitzer eines prämierten Rassepudels geworden. Das Tier erweckte Aufsehen. Man wollte es ihm abkaufen. Obwohl in Geldnöten, weigerte er sich. Das Pudelchen war gelehrig, anhänglich, eine Quelle des Spaßes und der Unterhaltung. Es lebte noch, als Escher Luisa kennenlernte. Luisa liebte es ebenfalls, aber es war schon alt. Es verlor die Zähne, erblindete. Escher mußte es einschläfern lassen. Auch damals war er den Tränen nahe.

Wieder lief ihnen eine Katze zu.

Nachdem Luisa schwanger geworden war, wurden sie beide durch die Nachricht beunruhigt, daß es zu Schädigungen des Kindes kommen könnte, wenn die werdende Mutter Katzen in ihrer Umgebung habe. Also schenkten sie das Tier weg, guten Freunden, auf die Verlaß war.

Luisa erlitt eine Fehlgeburt.

Erst drei Jahre später gebar sie eine Tochter, ihr einziges Kind. Das war nun fünfundzwanzig Jahre her. Seitdem hatten Eschers sich kein Tier mehr gehalten.

Seit die Tochter erwachsen und aus dem Hause war, hatten sie dann und wann daran gedacht, sich doch wieder einen Hund oder wenigstens ein Kätzchen anzuschaffen. Luisa wollte einen Rauhhaardackel, ihr Mann hätte einen Terrier vorgezogen. Doch immer hatten sie nur ein kleines Tier gewollt.

Jetzt hatte er diesen Riesen bei sich.

Was für eine Art von Mensch konnte darauf verfallen, sich solche Ungeheuer heranzuzüchten?

Die Zeiten, da gefährliches Raubwild mit Hunden gejagt werden mußte, waren längst vorüber. Gegen einen Löwen, einen Panther mochte einst eine Meute Doggen geboten gewesen sein. Aber gefährliches Großwild brachte man heute mit

Schüssen zur Strecke, womöglich aus einem vergitterten Wagen oder aus der Luft. In keinem Safarifilm, den Escher gesehen hatte, war ein solcher Hetzhund aufgetaucht.

Escher erinnerte sich an ein Buch mit dem Titel »Auf den Marmorklippen«. Darin wurde ein schauriges Gemetzel geschildert, in dem Doggen gegen Doggen antraten. Hunde kämpften gegen Hunde, Blutdurst gegen Blutdurst, als sollte ein kainitisches Morden die Welt überschwemmen. Die näheren Zusammenhänge waren Escher entfallen, er erinnerte sich nur daran, daß manche Kritiker in diesen Szenen die Schrecken des Zweiten Weltkriegs vorweggenommen oder prophetisch vorausgesagt haben wollten. Sie hatten den Autor dafür gepriesen. Escher suchte das Buch in seinen Regalen, er glaubte es noch vor kurzem gesehen zu haben. Es war verschwunden. Dafür stieß er auf die kleine Broschüre eines unbekannten Autors: »Das Tier im Märchen.« Er schlug das Heft auf und las:

»In vielen Fällen wird das Tier zum stummen Mitwisser längst begangener verborgener Untaten; das Tier ist der Gefährte, der mehr weiß, als dem Besitzer lieb sein kann. Da es nicht sprechen kann, scheint es der ideale Geheimnisträger; da es aber doch einmal sprechen könnte, verfügt es über potentielle Macht. So die Stute Fallada . . .«

Nun folgte ein ausführlicher Abschnitt über das wissende Pferd Fallada, über Seelenvögel und prophetische Raben. Das Kapitel schloß mit dem Hinweis:

»Alte Kulturen haben das Tier vergöttlicht. Wir versuchen es zu entdämonisieren, ohne daß uns das in allen Fällen . . . gelänge.«

Escher schloß die Broschüre und stellte sie an ihren Platz zurück. Seine Tätigkeit als Bankbeamter und sein Umgang mit historischen Schriften hatte ihm den Geschmack am Symbolischen und Poetischen verdorben. Trotzdem fühlte er sich durch das eben Gelesene merkwürdig beunruhigt.

Plötzlich fiel ihm ein Traum ein, den er erst neulich gehabt hatte.

Egon Eschers Träume hatten kein großes Repertoire an Motiven. Eins, das immer wiederkehrte, zeigte ihm einen schräg ansteigenden, schmalen Pfad, der eine glatte, steil geneigte Fläche durchschnitt. Die Fläche verlor sich nach oben und unten ins Unermeßliche. Er, Escher, hatte den Pfad hinaufzusteigen.

Manchmal war er dabei allein, manchmal hatte er Luisa bei sich, dann und wann auch seine Tochter. Der Pfad wurde schmal und schmäler. Am Ende waren nur noch eine Reihe flacher Dellen davon übrig. Sie galt es zu beschreiten.

Der Träumende hatte Angst, und wenn er nicht allein war, steigerte sich seine Angst zu einer Art Panik. Er wollte Luisa und seiner Tochter zuschreien, keinen Schritt vorwärts zu tun, doch sein Schreien blieb stumm. Er versuchte beide festzuhalten, aber seine Hände griffen nur Luft. Er stürzte und sah Luisa schwanken und gleichfalls stürzen. Zu dritt glitten sie ins Bodenlose.

Wenn Escher nach einem solchen Traum erwachte, war er froh, daß Luisa tot und damit allen Gefahren entrückt, daß seine Tochter längst erwachsen und damit aus seiner väterlichen Verantwortung entlassen war. Sie lebte seit ihrem zwanzigsten Lebensjahr in Amerika, war dort mit einem tüchtigen und gutherzigen Mann verheiratet, die beiden hatten ein gutes Auskommen und, sofern das möglich war, gesicherte Verhältnisse.

Jetzt, nachdem die Dogge bei ihm eingerückt war, veränderten sich auch seine Träume. Wieder war der Berg da und der schmale Pfad in dem unnatürlich glatten, gefährlich steilen Hang. Wieder mußte dieser Pfad beschritten werden. Eben an der Stelle, die sich zu einer kaum noch betretbaren Spur verengte, trat ihm die Dogge entgegen. Sie schien noch größer, als sie in Wirklichkeit war, übermannshoch, ohne Maulkorb und Halsband. Sie hatte etwas Furchterregendes, beinahe Königliches an sich, eine Art statuarische Hoheit. Sie strahlte Macht aus. Escher wußte nicht, was tun. Einerseits mußte er weiter vorwärts, unbedingt. Andererseits stand ihm die Dogge im Weg. Er versuchte sie anzusprechen. Das Tier rührte sich nicht. Er versuchte sie am Hals zu fassen. Sie entglitt ihm. Mühsam und in Todesängsten rücke er noch zwei, drei Schritte auf sie zu. Sie aber blieb gleich unnahbar, ungeheuer, gebieterisch.

Der Absturz war dann fast wie eine Erlösung.

Der Winter brach ein. Am frühen Nachmittag schneite es ein wenig. Der Schneefall ging in Regen über, der Wind ließ die Lamellen der Jalousien vor den Fenstern metallisch schwirren. Es war soeben ganz finster geworden. Da läutete das Telephon.

Carolas Stimme: »Herr Escher, sind Sie's?«

»Ja, gewiß.«

»Ist der Hund noch bei Ihnen?«

»Aber ja.«

Carolas Stimme, sonst so selbstsicher, fast ironisch, klang diesmal aufgeregt, überhastet, ängstlich. »Ich möchte Sie sprechen.«

Escher wurde fast schwindlig vor Freude. Wollte sie am Ende die Dogge holen? – »Ja, jederzeit!«

»Jetzt ist es – wie spät? – halb sieben. In zehn Minuten bin ich an der Obushaltestelle ›Schule‹. Können Sie da sein? Aber kommen Sie allein. Nehmen Sie niemanden mit. Auch nicht den Hund!«

Escher stürzte an die Garderobe: Hut, Mantel, Schirm. Die Dogge tanzte in Erwartung eines Ausgangs. Er schrie sie an: »Kusch! Kusch!«

Draußen prasselte der Regen. Die Peitschenleuchten schwankten im Wind. Etliche naßglänzende Schirme torkelten vor ihm her in Richtung Schule. Einige von ihnen versammelten sich unter dem schmalen Dach des Wartehäuschens. Escher blieb auf dem Randstein stehen und starrte den Reflektoren des Obusses entgegen.

Der Wagen hielt. Aber die Carola stieg nicht aus.

Als der Obus weiterfuhr, bremste ein Auto. Carola eilte auf Escher zu; er erkannte sie erst, als sie vor ihm stand. »Ah, Frau Carola! Sie wollten mich sprechen. Endlich. Ich habe schon oft versucht . . . Waren Sie verreist?«

Sie schnitt ihm das Wort ab. »Hören Sie zu, Herr Escher! Ich muß gleich weiter. Ich bin Ihnen keine Erklärung schuldig. Trotzdem, Sie sollen wissen: Lohmann –«

»Lohmann –?«

»Was hat er Ihnen gesagt, als er den Hund brachte?«

»Er hat mir versprochen, nach drei Wochen zurückzukommen.«

»Und sonst?«

»Er hat gesagt, er müsse eilig nach Spanien.«

»Nach Spanien? Soso.«

»Eine Verwandte sei dort erkrankt.«

»Eine Verwandte?«

»Ja.« Nun schrie Escher. »Er hat mir sein Ehrenwort gegeben. Wo bleibt er denn?«

Das blasse Gesicht der Carola verschwand unter der breiten Krempe ihres Hutes. Sie hielt Escher einen Briefumschlag hin. »Hören Sie«, sagte sie noch einmal, »ich bin Ihnen keine Erklärung schuldig. Aber das hier möchte ich Ihnen doch geben. Es ist für –«, sie nannte den Namen der Dogge. »Lohmann«, fuhr sie flüsternd fort, »Lohmann kommt so schnell nicht wieder. Er ist auch nicht in Spanien, wenn Sie ihn dort suchen sollten. Er ist noch ein ganzes Ende weiter weg.«

Escher stand im Regen, allein. Erst als die Frau die Tür des Autos hinter sich zuzog, merkte er, daß es die ganze Zeit mit laufendem Motor dagestanden hatte. Ehe er hinstürzen konnte, fuhr es los. Er schrie ihm nach. »Halt! Halt!« Aber die Schlußlichter verschwammen schon in der Finsternis. »Halt!« schrie er noch einmal. Dann schlug er sich mit der Faust auf den Mund.

In seinem Handschuh knüllte der Briefumschlag. Als er ihn aufriß, zog er drei große Banknoten heraus. Sonst nichts.

Laut vor sich hin redend und gestikulierend wie ein Irrer kehrte er nach Hause zurück.

Aber er wollte noch nicht aufgeben.

Am nächsten Morgen verließ er um sechs das Bett und zog sich hastig an. Die gewohnte Dusche ließ er aus; statt sich den Kaffee zuzubereiten, kippte er nur ein Glas Milch in sich hinein. Die Dogge stand neben ihm, erwartungsvoll. Mit dem Wedeln ihres Schweifes und kurzen, gleichsam fragenden Winsellauten schien sie ihn aufzufordern, sich ihr zuzuwenden und womöglich zum Morgenspaziergang aufzubrechen. Als er dann wirklich nach Leine und Maulkorb griff, tanzte sie vor Freude. Aber draußen ließ er sie nicht wie sonst im Hof und auf der nahen Wiese ihre Runden drehen. Er hängte sie sofort an und begab sich zur Autobusstation. Er wollte spätestens um sieben bei der Carola sein. Da würde er sie doch bestimmt noch antreffen.

Wegen der frühen Stunde war der Autobus überfüllt. Die Leute waren auf dem Weg zur Arbeit. Trotzdem drängte sich Escher mit der Dogge in den Wagen. Beim Schaffner verlangte er eine doppelte Hundekarte; erbittert, wie er war, glaubte er sich damit ein Beförderungsrecht für seinen Riesen erkauft zu haben.

Die Mitfahrenden schienen anderer Meinung. Eine Frau schrie auf. Ein Kind begann zu weinen. Es entstand ein Gedränge nach hinten, Schimpfworte wurden laut: »So was von Bestie.« – »Nur ein Verrückter . . .« – »Ist so was erlaubt?« – »Hinaus!«

Escher biß die Zähne zusammen und stellte sich taub. So ließ er die Schmähreden über sich ergehen. Seine Hand umklammerte das Halsband. Zum erstenmal fühlte er etwas wie Solidarität mit dem Tier.

An der vierten Station stieg er aus. Von da war es nicht mehr weit bis zur Wohnung der Carola. Doch als er das Haus betrat, schlug ihm sogleich Widriges entgegen. Zuerst wußte er nicht, was es war. Danach begriff er: es war der Geruch nach Malerfarbe und Kalk gewesen.

Carolas Wohnung war leer. Die Tür stand offen; sie stand nicht nur offen, ihre Flügel waren ausgehängt. Auch drinnen: alle Türen ausgehängt. Die Teppiche waren verschwunden, sogar der Teppichboden war teilweise abgerissen. Zwei junge Burschen in schmutzigweißen Kitteln, mit Farbe besprenkelte Käppis auf den Köpfen, schabten soeben die Wände ab.

Einer von ihnen hatte eine Leiter zwischen den Beinen und hunkelte damit herum.

Escher stand starr. Noch immer hielt er die Leine in der Hand. Der Hund lief frei. Unbewußt mußte Escher den Verschluß geöffnet haben.

Der Hund schnoberte herum; er mußte erkannt haben: Hier war er schon gewesen und sein Herr mit ihm. Durch Kalk- und Farbgeruch wehte ihn Bekanntes an. Aus Ritzen zog es auf ihn zu und machte ihn rasend. Die Nase am Boden, sauste er umher. Er winselte, jaulte, kläffte. Noch saß ihm der Maulkorb an der Schnauze und hinderte ihn, die Nüstern ganz an den Boden zu pressen. Er versuchte das Ding loszuwerden und beutelte den Kopf, um es abzuschütteln. Er warf sich hin und her und scharrte am Beton: Hier . . . hier . . . und hier war er gewesen, ER, ER!

Schließlich, in einem Anfall von Verzweiflung, warf er sich auf Escher: Hilf mir doch! Hilf mir doch, ihn zu finden, ihn, IHN!

Escher versuchte sich gegen den Anprall zu stemmen. Zum Glück war ein Türstock hinter ihm, er wäre sonst der Länge nach rücklings gestürzt. So schlug nur sein Hinterkopf gegen den Pfosten. »Kusch!« schrie er. Seine Stimme war entstellt. »Kusch! Kusch!« Die Maler lachten.

Escher versuchte sich zu fassen. Er zitterte und schwitzte. Er wollte erfahren, wohin die Carola verschwunden war.

Die beiden Burschen waren Ausländer. Sie verstanden ihn nicht.

Er verließ die Wohnung und klingelte beim Nachbarn, niemand öffnete. Er stieg die Treppe hinab und klingelte dort. Ein starres Auge erschien hinter dem Guckloch. Eine Frauenstimme krächzte: »Was wollen Sie?«

Ehe sich Escher erklären konnte, schnappte das Guckloch zu. Drinnen schlurfte ein Schritt davon.

Endlich fand er ein Schild: »Hausverwaltung«. Dort erfuhr er, was er schon wußte. Die Carola war ausgezogen.

Schon vor drei Tagen seien ihre Möbel abgeholt worden. »Wohin?« Der Hausverwalter gab eine Adresse in Spanien an. Sie konnte echt, sie konnte fingiert sein. Escher war überzeugt: Auch die Carola hatte sich »ein Ende weiter weg begeben«.

Als der Hausverwalter Eschers Niedergeschlagenheit bemerkte, wurde er gesprächig. »Ja, weiß der Teufel, sie hat gekündigt – und schon ist sie auch ausgezogen. So was von Eile . . . nicht mal die Frist . . . Na ja, was schadet's? Heutzutage stehen für jede Wohnung zehn auf der Warteliste.«

Escher schleppte sich mühsam zum Haustor. Der Hund? Der Hund war noch oben, er suchte wohl noch immer nach seinem Herrn.

In Escher flammte eine jähe Hoffnung auf. Er schleuderte die Leine hinter sich und stürzte auf die Straße. Dort rannte er zwei Ecken weiter, dann winkte er einer vorüberfahrenden Taxe. Zu Hause trank er ein Fläschchen Herztropfen zur Hälfte leer, warf sich aufs Bett und schlief ein.

Am Abend war das Tier wieder bei ihm. Ein Gendarm hatte es gebracht.

»Wir haben es schon ins Tierheim tun wollen. Die haben es aber nicht genommen: Für so ein

›Kalb‹ haben die keinen Zwinger. Da hat jemand gemeint, es muß Ihnen gehören. Das nächste Mal geben Sie besser obacht auf Ihr Vieh!«

Diese Nacht wurde Escher lang. Er ging in seiner Wohnung umher, öffnete Schränke und Schubläden und kramte darin nach Dingen, die er, während er noch suchte, schon wieder vergessen hatte. Die Dogge lag auf ihrer Decke und schlief. Sie schien nach den Erlebnissen des Tages zutiefst erschöpft, von Träumen heimgesucht. Ihre Flanken zuckten, ihre Läufe zitterten. Einmal stieß sie ein langes, hohes Klagegeheul aus.

Escher fühlte sich zu steif und zu matt, um sich zu ihr hinabzubücken. Nur mit der Fußspitze strich er ihr einmal über die Schulter. »Wir beide . . . wir beide . . .«, murmelte er, doch er wußte nicht genau, was er meinte.

Seit mehr als einem Jahrzehnt beschäftigte Escher dieselbe Zugehfrau; sie war noch von Luisa aufgenommen worden. Die Verstorbene mußte ihr mächtig imponiert haben, denn noch immer betrachtete sie Luisa als ihre eigentliche Brotgeberin und Escher nur als deren Hinterlassenschaft, für die sie, Frau Kathi, jetzt eine Art Verantwortung trug.

Vermutlich wäre sie gern öfters ins Haus gekommen. Doch da er selbst Ordnung zu halten pflegte, hatte er ihr gesagt, es genüge, wenn sie alle vierzehn Tage bei ihm erschiene. Es genügte auch, lange; seit neuestem nicht mehr.

Der Küchenfußboden war rund um den Futterplatz der Dogge häßlich bekleckert. Im Spannteppich klebten Tierhaare, und wenn es draußen regnete, fanden sich Erdklümpchen im Flur und auf der Treppe. Frau Kathi schimpfte: »Wie lange bleibt denn das Vieh noch bei Ihnen?«

In den ersten drei Wochen hatte Escher die Frau zu beschwichtigen versucht. Solange er auf Lohmanns Rückkehr wartete, hatte er das auch mit gutem Gewissen tun können. Nun wagte er keine Vertröstungen mehr. Mit wachsender Unruhe registrierte er ihre zunehmende Unzufriedenheit, er fürchtete, daß sie ihm den Dienst aufsagen könnte. So begann er jeweils vor ihrem Eintreffen selbst die Küche zu wischen, den Staubsauger zu betätigen. Trotzdem hörte die Frau nicht auf zu quengeln. »Sie sehen nicht gut aus, Herr Escher, in letzter Zeit, seit Sie das Vieh da haben, Herr Escher. Sind ordentlich mager geworden. Wenn das Ihre Frau selig wüßte . . .« Und ein anderes Mal: »Wenn Ihre Frau selig das wüßte, daß Sie so eine Bestie haben müssen, die würde sich ja sicher im Grab umdrehen.«

»Meine Frau«, entgegnete er sanft, »ist aber sehr tierlieb gewesen.«

»Tierlieb, tierlieb«, maulte Kathi dagegen. »Es kommt wohl drauf an, was für ein Tier . . . So eins wie das da hätte sie gewiß nicht gemocht.«

»Ist aber ein Rassehund«, wandte Escher schüchtern ein.

»Rasse! Rasse!« murrte die Frau zurück. »Wenn ich das schon höre: Rasse! Der Hitler selig hat auch immer von Rasse geschwafelt, bis alles hin war und kaputt.« (Kathi sprach von allen Toten nur als von »Seligen«.)

Escher versuchte abzulenken: Was heiße hier »Hitler selig«? Ein Unseliger sei er gewesen, ein höchst Unseliger.

Frau Kathi stutzte. Sie zuckte die Achseln. Es gehöre sich nicht, einen Toten anders als selig zu nennen. Und die Dogge sei jedenfalls ein Ungeheuer. Nach solchen Wortwechseln verstärkte sich in Escher die Sorge, daß ihm die Frau den Dienst aufsagen könnte, und auch diese Sorge grub seiner Wut ein noch tieferes Bett, seiner Wut auf Lohmann.

Wie alle alten Leute fürchtete sich Escher vor dem großen Nackenschlag, dem irreparablen Zusammenbruch; er konnte stürzen, er konnte vom Schlag getroffen, von einem plötzlichen, durch keinerlei Vorzeichen angemeldeten Infarkt überrascht werden. Der Feind wohnte in seinem eigenen Körper. Noch war es ungewiß, wo er saß. Doch eines Tages würde er lospreschen. Was dann?

Wer würde helfen? Wer überhaupt an Hilfe denken, wenn der Zusammenbruch in der abgeschlossenen Wohnung geschah, jäh, übermächtig, wenn er nicht einmal Zeit ließ, die Tür zu öffnen, nach dem Telephon zu greifen? Und was – vor allem –, wenn es in Gegenwart der Dogge geschah?

Diese Möglichkeit machte den Mann schaudern.

Schon früher, ehe das Tier zu ihm gekommen war, hatte er sich sagen müssen, er würde in solch einem Falle vermutlich erst nach Tagen, womöglich erst nach Wochen vermißt und gesucht werden. Vielleicht lag er dann schon halb verwest in seiner Wohnung. Kein angenehmer Gedanke. Jetzt aber war er nicht nur seiner eigenen Hinfälligkeit, jetzt war er auch der Dogge ausgeliefert.

Er stellte sich vor, was das Tier anfangen würde, wenn er, sein Herr und Pfleger, besinnungslos oder auch nur bewegungsunfähig auf dem Boden läge. Es würde zuerst vielleicht nichts merken, dann aber, durch die Starrheit und Stille des liegenden Körpers beunruhigt, ihn zu beschnuppern, zu belecken beginnen. Es würde ihn mit stoßender Schnauze zum Aufstehen auffordern.

Kam dann die Zeit des Ausgangs oder der Fütterung, würde es beginnen zu winseln, immer lauter zu winseln, immer hastiger umherzurennen, an den Türen zu scharren, endlich laut und klagend zu heulen.

Doch wer würde es hören? Die Maisonette war gut abgedichtet, lärmisoliert.

Der Tag würde zu Ende gehen, die Nacht verstreichen, ein zweiter Tag anbrechen. Längst würde der Hund seine Notdurft verrichtet, seine Pfützen und seinen Kot widerwillig und verängstigt (da er ja gut dressiert war) in den Räumen verteilt haben. Längst würden auch seine Schüsseln leer geleckt sein. Rasend vor Hunger und Durst würde die Dogge den Leblosen anfallen . . .

Diese letzte Vorstellung veranlaßte Escher, sich von nun an Abend für Abend in seinem Schlafzimmer einzusperren. Bei dem leisesten Anflug körperlichen Mißbehagens zog er sich vor der Dogge hinter verschließbare Türen zurück, dann und wann auch auf die Terrasse. Hier, mutmaßte er, konnte er möglicherweise von einem zufällig vorüberschnurrenden Hubschrauber entdeckt werden. So ängstigte er sich und spann an selbstquälerischen Phantasien.

Ich habe falsch gelebt, sagte er sich, seit Luisas Tod falsch gelebt. Warum habe ich keine Freunde mehr? Und die ich habe, sind weit fort. Ferne Freunde sind bequem: Man weiß voneinander, telephoniert einmal im Monat, schreibt jährlich einen Brief. Aber was nützen sie in der Not?

Nahe Freunde sind unbequem. Man muß sie treffen, einladen, muß Einladungen folgen. Aber nur sie können helfen, wenn der Notfall eintritt. – Du warst zu bequem, Escher, zu bequem, um dir nahe Freunde zu schaffen oder die zu behalten, die du vielleicht einmal hattest. Du bist ein Sonderling geworden.

Und du wolltest nichts anderes sein. Dein Hochmut. Deine Ungeduld. Dein Widerwille gegen banales Geschwätz. In Ungeduld, Hochmut, Widerwillen eingewickelt – ein einsamer Sonderling.

Einsam? Man kannte ihn. In der ganzen kleinen Vorstadt kannte man ihn; alle Leute, die je ein Konto in seiner Bank besessen, grüßten ihn. »Ah, Herr Escher, auch unterwegs?« Man lächelte ihm zu, versuchte sogar ein Schwätzchen. »Das Wetter heute, der Wind . . .!«

Er nickte, lächelte zurück, zog den Hut, wenn er einen aufgesetzt hatte; dabei beeilte er sich, weiter zu kommen. Im Supermarkt hielt er den Blick auf die Regale gerichtet, in der Post auf den Schaltermann.

Dann und wann holte er sich ein, zwei Stück Kuchen aus dem Café. Da saßen kleine Gruppen beisammen, rauchten, plauderten, spielten Karten. Escher kannte den einen oder die andere: einen emeritierten Professor, eine pensionierte Ärztin, einen alten verkrachten Künstler. Er hätte sich zu ihnen gesellen, er hätte bei ihnen sitzen, an einer Partie teilnehmen können. Manchmal verspürte er sogar Lust dazu. Trotzdem vermied er ihre Blicke. Er wählte an der Vitrine, zahlte, ging. Zu Hause mampfte er dann seine Schnitten, allein.

Ich hätte mein Leben ändern sollen, sagte er sich. Jetzt ist es zu spät. Wem kann ich die Dogge zumuten? Ich bin nur noch für sie da. Sie frißt mich auf.

Es war am ersten Abend gewesen, den Escher in seiner neuen Wohnung verbracht hatte. Stundenlang hatte er den Transport der Möbel, der Kisten und Kartons überwacht, die von einem Halbdutzend starker Männer die drei und vier Treppen hochgeschleppt und in der Maisonette abgestellt worden waren. Die schweren Möbelstücke waren an die Wände gerückt, die Behälter mit dem Geschirr in die Küche geschafft, die weit zahlreicheren und größeren mit den Büchern in der Mitte des großen Wohnzimmers zu einem Berg aufgetürmt worden. Escher hatte sich in der neuen Bleibe den ersten Tee gekocht und eine Käsesemmel dazu gegessen. Er war zu müde, um mit der endlosen Arbeit des Auspackens zu beginnen. Aber noch gab der Sommerabend genügend Licht, daß er bemerkte: Eines der Bücherpakete war aufgeplatzt. Der Möbelpacker mochte es zu heftig von der Schulter gekippt haben.

Escher steckte die Hand in den Riß und zog das erstbeste Buch heraus, das er zu fassen bekam.

Er kannte es nicht und konnte sich nicht erinnern, es je erworben zu haben. Es war ein schäbig gebundenes Taschenbuch mit dem Titel »Die Hölle«, ein Bericht über eine Gruppe aus dem Ghetto von Lodz und deren Schicksal und Ende in den verschiedenen Lagern.

Escher schlug das Buch mit Abwehrgefühlen auf. Aber schon nach den ersten Sätzen hatte er sich festgelesen. Er saß neben dem Bücherberg und las, bis es zu dunkeln begann. Dann holte er eine Leselampe und schloß sie an der nächsten Steckdose an. So las er bis Mitternacht. Dann öffnete er sich eine Flasche Bier und las das Buch zu Ende.

Er hatte die ganze Zeit die Empfindung, etwas eigentlich Ungehöriges, ja Verhängnisvolles zu tun, so als infiziere er seine eben neu bezogene Wohnung mit einem bösen Omen.

Escher gehörte freilich nicht zu den Leuten, die von ihrer Lektüre nur Zerstreuung und billige Erbauung erwarteten, im Gegenteil. Er belächelte die Angst derer, die sich auch da vor dem Dunklen, Schweren, Tragischen des Lebens abschirmen wollten. »Die ganze Weltliteratur«, pflegte er zu argumentieren, »wimmelt von Fürchterlichkeiten. Soll ich sie deshalb meiden?«

Das Buch »Die Hölle« war nun freilich keine Weltliteratur, sondern eine nüchterne Beschreibung der Todesmaschinerie, ihrer Methode, Funktionen und ihres schließlichen Zusammenbruchs.

Der Autor hatte das Buch sicher in der Absicht verfaßt, den Leiden der Opfer ein ehrendes Angedenken zu sichern, ihre Peiniger bloßzustellen und vor der Ideologie zu warnen, die dem verbrecherischen Treiben zugrunde lag. Dennoch schwang in der Beschreibung da und dort etwas Obszönes mit. Immer dort, wo sie sich auf Einzelheiten des grausamen Vollzugs einließ, schien sie für die Anziehungskraft des Schaudererweckenden irgendwie durchlässig geworden zu sein. Escher war sich selbst gegenüber wachsam genug, um zu wissen, daß auch er dieser Faszination zugänglich war und ihr eben in dieser Stunde wehrlos unterlag.

Er fühlte, daß ein unaufhörliches Frösteln seine Wirbelsäule entlanglief, er wetzte sich an der

Stuhllehne, um dieses Gefühl zu verscheuchen, er fuhr sich über den Kopf, um die Empfindung zu verjagen, daß sich seine Haare in den Wurzeln sträubten. Er versuchte sich selbst zu beruhigen: Es ist ja alles vorüber. Die Leiden sind ausgelitten. Die meisten zu Tode Gebrachten wären inzwischen eines natürlichen Todes gestorben. Auch die meisten der Mörder leben nicht mehr. Die schwarze Schande, dachte Escher, ist wie eine Wunde vernarbt, von anderen Gegenwarten überwachsen. Selbst damals, als das alles geschah, ist die Welt nicht entzweigebrochen. Kein physikalisches oder chemisches Gesetz hat zu wirken aufgehört. Kein Stern ist vom Himmel gefallen. Kein Wind blies anders, als er sonst geblasen hätte. Die verirrte Fliege, die da um meine Lampe kreist, wird deshalb keine Stunde früher oder später sterben.

Gegen drei Uhr morgens hatte Escher das Buch ausgelesen. Er hätte es zuschlagen können. Aber er betrachtete noch einmal die Bilder: die Berge ausgemergelter Leichen, die Selektionsszenen, die Wachmannschaften, deren Gesichter nichts von dem verrieten, was sie betrieben. Und die Hunde. Auch die Hunde: Schäferhunde – und eine Dogge.

Er bekam das Buch »Die Hölle« nie mehr zu Gesicht. Es war in der Masse der Bücher, die er in den folgenden Tagen auspackte und in die Regale reihte, spurlos verschwunden. Wahrscheinlich, sagte er sich, war es mit anderem Wertlosen hinter eine der untersten Zeilen geraten. Er hatte lange keinerlei Grund gehabt, danach zu suchen.

Jetzt suchte er es. Obwohl es ihm seit einiger Zeit schwerfiel, sich zu bücken, stöberte er in den untersten, abgelegensten Winkeln. Vergeblich. Früher hatte er da höchstens flüchtig nachgeprüft, ob Frau Kathi auch dort Staub gewischt hatte. Ja, sie hatte. Jetzt klaubte er Stöße alter Broschüren und vergilbter Kataloge durch: keine »Hölle«. Die Dogge stand neben ihm und nieste. Ihr mußte doch Staubgeruch in die Nase gestiegen sein. Ihr Niesen klang Escher wie Spott.

Schließlich gab er es auf, nach dem Buch zu suchen. Er wußte: es gab Hunderte Publikationen dieser Art. Reihenweise standen sie in den Buchläden in eigens für sie reservierten Regalen; Memoiren, Briefwechsel, auch Bildbände, seriöse Dokumentationen und populistische Reißer. Früher war er an diesen Regalen achtlos vorübergegangen. Jetzt stand er davor und fahndete; er fahndete nach einem Buch über Wach- und Hetzhunde im Dritten Reich.

Seltsamerweise genierte er sich, nach einer solchen Publikation zu fragen. Sein Buchhändler war ein gefälliger Mann, er kannte seine Kundschaft und war jederzeit bereit, jeden Wunsch, auch den ausgefallensten, zu erfüllen. Für Escher hatte er schon etliche Rarissima aufgestöbert. Trotzdem versuchte ihm Escher jetzt sein besonderes Interesse zu verhehlen. Er fürchtete, sich mit seinem Wunsch zu kompromittieren, und dies um so mehr, als er sich einmal – es war kurz nach Lohmanns Abreise – hatte verführen lassen, mit der Dogge zu erscheinen. Ein Bekannter hatte sich erboten, ihn in die Stadt mitzunehmen. Escher zögerte: »Aber was mach' ich unterdessen mit dem Hund?« – »Den nehmen wir mit, selbstverständlich.«

Der Bekannte hatte dann doch große Augen gemacht, als Escher mit der Dogge erschienen war. Auch im Bücherladen hatte es Aufsehen gegeben. »Oh, oh, Herr Escher, heute in so großer Begleitung.«

Ein übereifriges Mädchen war dann gleich mit einem Buch über Doggen angetrabt. Damals konnte er noch lachend (wenn auch schon mühsam lachend) abwehren. »Nein, nein. Ich danke. Ist nur ein Pflegling für ein paar Tage.«

So mühsam Eschers Leben geworden war, auf den Besuch seines Buchladens mochte er nicht verzichten. Keinesfalls aber wollte er dort noch einmal mit der Dogge aufkreuzen. Nachdem er den langen, zermürbenden Morgenspaziergang hinter sich gebracht hatte, schloß er sie in seiner Wohnung ein und fuhr mit dem Bus in die Stadt. Wieder machte er sich auf die Suche nach einer Schrift über Hetz- und Jagdhunde im Dritten Reich. Wieder blieb die Suche vergeblich.

Seit er begriffen hatte, daß Lohmann nicht mehr zurückkehren würde, und erst recht, seit auch die Carola verschwunden war, hatte sich in Escher die Überzeugung eingebohrt, daß Lohmann die schwersten Gründe gehabt haben müßte, in einen anderen Erdteil zu flüchten. Daß dieser Erdteil Südamerika war, stand für ihn fest. Aber welcher

Umstand war eingetreten, der Lohmann – und auch die Frau – zu verschwinden zwang?

Soeben hatte man in Israel wieder einen Mann vor Gericht gestellt, von dem es hieß, er sei einer der furchtbarsten Mörder gewesen. Der Mann leugnete und sagte, er sei nicht der, für den man ihn halte. Doch allein seine Erscheinung, sein grobes Gesicht, seine vierschrötige Gestalt ließen ihn, in der Aura des ihn umschwebenden Verdachts, grauenerweckend und verabscheuungswürdig erscheinen. Aus aller Welt wurden Zeugen zusammengeholt, sie sollten ihn erkennen, sollten sagen: »Er ist es«; ihre Aussagen waren schwankend. Dennoch kamen im Zuge der Verhandlung neue, noch nie bekanntgewordene Fakten zur Sprache, bisher noch nie genannte, noch nie gerichtskundig gewordene Namen tauchten auf. Der im Dunkel ruhende Schlamm der Vergangenheit begann sich von neuem zu rühren, gleichsam in Wolken spiralig aufzusteigen, Schattenflecke und Reflexe zu zeigen, derzeit noch ohne konkrete Konturen. Doch was da noch wölkte und schwankte, konnte jederzeit Deutlicheres ergeben, Spuren freilegen, Indizien bündeln. Spuren und Indizien konnten in jedes Land weisen, in jeden Winkel. Dann war es für die Betreffenden höchste Zeit, sich aus dem Staub zu machen, weit weg, »ein gutes Ende weit weg«.

Lohmann, der Schurke, dachte Escher voll Wut. Er hat sich aus dem Staub gemacht, »ein gutes Ende weit weg«.

Unter den alten Familienphotos, die Escher in einer Kassette aufbewahrte, befand sich auch das eine oder andere seines älteren, im Krieg gefallenen Bruders Hanno. Escher hatte sich schon lange nicht mehr mit den zum Teil bereits fast unkenntlich vergilbten Bildern beschäftigt; jetzt kramte er darin herum. Der Gedanke an seinen Bruder tauchte in letzter Zeit immer häufiger in ihm auf. Hanno, drei Jahre älter als Egon, war bei Ausbruch des Krieges sofort eingezogen und dann in Frankreich leicht verwundet worden. Seither lebte seine Mutter in panischer Angst um diesen Sohn und versuchte, auch ohne sein Wissen, mit allerlei Manövern seine nochmalige Frontverwendung zu verhindern. Sie wandte sich an einen entfernten Verwandten, der irgendein höheres Amt bekleidete: Sie verliere den Verstand, wenn sie den Jungen wieder in Gefahr wissen müßte. Der Mann gab ihr den Rat, der Sohn möge sich an eine bestimmte Dienststelle wenden, dort werde ihm möglicherweise Heimatverwendung zugewiesen.

Hanno war ein gehorsamer Sohn. Die Machenschaften seiner Mutter waren ihm nicht angenehm, aber er fügte sich ihrem Drängen. Er meldete sich bei der betreffenden Dienststelle, diese vermittelte ihn zu einem Verband, der als Wachmannschaft in Lagern fungierte.

Hanno war in einem Lager beschäftigt, das nicht für das schlimmste seiner Art galt. Dennoch war er, als er wieder bei seiner Familie erschien, seltsam verändert.

Er war mager, wortkarg, niedergeschlagen.

Mit seiner Mutter sprach er kaum ein Wort. Dafür schloß er sich mit dem Vater zu stundenlangen Gesprächen ein.

Kurz darauf meldete er sich freiwillig zur Front. Schon vierzehn Tage darauf fiel er als Panzerschütze in einer der mörderischen Schlachten, in denen die russischen Armeen die deutschen Linien westwärts durchbrachen.

Die Mutter erlitt einen Zusammenbruch und mußte in eine Klinik geschafft werden; aber der Vater erzählte:

Hanno sei bei seinem letzten Urlaub zu ihm gekommen und habe ihn um Rat und Hilfe gebeten: Dort, wo er jetzt Dienst tue, halte er es nicht mehr aus. Der Vater möge ihn nicht näher befragen, aber sein Entschluß sei gefaßt, er werde nicht mehr auf seinen Posten zurückkehren. Der Vater habe gesagt: Fahnenflucht? Unmöglich! Sie fassen dich und knüpfen dich auf.

Nach langem Reden seien sie übereingekommen: Hanno werde sich an die russische Front melden. Das sei die einzige Möglichkeit, dem Lagerdienst zu entgehen.

Damit habe er sich abgefunden.

»Ich komme nicht mehr zurück«, hatte er beim Abschied gesagt, und der Vater habe gewußt, so werde es sein.

Jetzt saß Escher vor der geöffneten Kassette und hatte die wenigen Bilder, die er von seinem Bruder gefunden, vor sich aufgereiht: das Kind, der Halbwüchsige, der junge Mann; die Bilder zeigten das immer ein wenig verschlafen dreinschauende, eher runde Gesicht mit leicht hervortretenden Backenknochen, schwach gezeichneten Brauen und einem vagen, freundlichen Lächeln um den Mund; es waren die Bilder eines stillen, unscheinbaren, nur mittelmäßig begabten Menschen. Escher erinnerte sich: Sein Bruder war kein glänzender Schüler gewesen. Manchmal war er selbst, Egon, der Jüngere, ihm, dem Älteren, als Beispiel hingestellt worden. Aber Hanno hatte es zuwege gebracht, sich dem Gräßlichen zu verweigern. Er hatte es zuwege gebracht, seinem Gewissen zu folgen. Und er hatte es mit seinem Leben bezahlt.

Escher schob die Photos zusammen und preßte sie an seine Stirn. Je weiter er sich in der Erinnerung verlor, um so eindeutiger sah er Lohmann mit dem Unheil verflochten, das seinem Bruder zum Verhängnis geworden war.

Doch es war seltsam: Je verhaßter ihm der Mann wurde, desto zwanghafter erfüllte er seine Pflegepflichten, indem er die Dogge fütterte, striegelte, ausführte, ihre Wasserschale spülte und wieder füllte, ihre Decke ausklopfte und glattstrich, ihre Pfoten wischte, wenn sie regen- oder schneenaß vom Spaziergang zurückkehrte.

Von allem Anfang an waren ihm die Freßlust und Verdauung des Hundes widerlich gewesen. Mit einer Art angeekelter Neugier sah er zu, wenn die Dogge ihre Portionen verschlang. Wo tut sie das hin? dachte er, wenn er ihre langen hageren Flanken betrachtete. Er war vom ersten Tag an ängstlich besorgt gewesen, daß der Boden seiner

Wohnung mit den Ausscheidungen des Hundes befleckt werden könnte. Sobald ihm ein unangenehmer Geruch in die Nase wehte, machte er sich sofort in allen Winkeln auf die Suche. Aber bis jetzt hatte sich der Hund tadellos verhalten. Escher blieb trotzdem auf der Hut.

Wenn sich dann das Tier im Freien entleerte, spähte er mit derselben widerwilligen Neugier, mit der er sein Fressen beobachtet hatte, nach den gewaltigen Lachen und Kothaufen, die der Hund hinterließ. Dazwischen äugte er nach allen Seiten, ob denn wohl kein Passant bemerkte, was da geschah. Er fürchtete, darauf angesprochen, das heißt eher: angepöbelt zu werden. Er war erleichtert, wenn sich niemand sehen ließ; kam jemand des Weges, machte er sich eilig davon; sah er Hausgenossen und Nachbarn im Gespräch beisammenstehen, durchfuhr ihn der Verdacht, daß sie über ihn redeten und ihn und das Tier mit scheelen Blicken verfolgten.

Escher erinnerte sich, einen Film über die Hunde von New York gesehen zu haben. In einem einzigen Wolkenkratzer, hieß es da, würden ihrer Dutzende gehalten. Ihre Besitzer würden gezwungen, die Straßen vom Kot ihrer Tiere zu reinigen. Und wirklich wurden welche gezeigt, die ihren Tieren mit Schaufel und Eimerchen hinterherliefen . . . ein schmählicher Anblick.

So weit wird es bei uns auch noch kommen, dachte Escher haßerfüllt. »Warte nur«, knurrte er die Dogge an. »Aber dann – dann bist du den letzten Tag bei mir gewesen!«

Mit solchen Drohungen versuchte sich Escher Luft zu machen. Doch kaum hatte er sie ausgesprochen, verhöhnte er sich ihretwegen selbst: Das war ja doch nur wieder leeres Gewäsch, Gesabber, das nichts verriet als seine eigene Ohnmacht. Er begann sich selbst zu beschimpfen: Du Idiot, mach dir nichts vor. Nichts wirst du gegen das Vieh tun. Ausgehen wirst du mit ihm wie sonst, zittern wirst du, wenn es seine Haufen setzt; und wenn es dahin kommt, daß du mit Schaufel und Eimer . . . so wirst du putzen. Putzen wirst du, putzen. Hast du nicht schon immer den Mist anderer weggeputzt? beim Militär, im Lazarett, sogar in deiner Bank. Jaja, auch dort. Was war denn deine Arbeit am Schalter anderes als Mist wegputzen? Die Greißlerrechnung abbuchen, die 5-Schilling-Spende überweisen, das Kaminkehrergeld einfordern. Verfluchte Groschenklauberei! Dabei blieb liegen, was ich so . . . so gern . . .

Das ganze Gebirge seiner nie ausgeführten Pläne stieg vor ihm auf, und Tränen der Erbitterung schossen ihm in die Augen. Und wieder wandte er sich der Dogge zu. Dummes Tier, dummes, idiotisches Tier. Was weißt denn du? Ja, glotze nur. Glotz mich nur an mit deinen dumpfen, stumpfen, nichts begreifenden Augen. Weg die Pfote von meiner Hose. Ich bin nicht dein Herrl, du, hörst du, ich bin nicht dein Lohmann.

Der Schurke hat uns verlassen, Fersengeld hat er gegeben. Warum? Weißt du, warum?

Hat er dir nichts erzählt, dein Lohmann? Nichts

erzählt, wie? Warst doch lange genug bei ihm. Hast doch viele Abende bei ihm gesessen. Hat er da nie geredet? He? Hat er dich nur mit seinen ekelhaften Fingern gekrault, seine widerlichen Füße an dir gewärmt – und hat nichts, nichts geredet?

Weg die Pfoten, sag' ich!

Nein, nein, du warst nicht dort, du bist nicht alt genug. Hunde werden nicht vierzig Jahre und darüber – und von dir hat er gesagt, du bist erst sieben.

DORT also warst du nicht. Aber vielleicht dein Vater, nein Großvater, Urgroßvater, die ganze lange Meute, gute Rasse, beste Rasse, beißfest und hetzschnell, schwarz-braun getigert.

Laß deine Zähne sehen. Na, wird's bald? Machst ja dein Maul sonst auch auf, riesengroß, laß sehen die Schneider, die Malmer, die Reißer . . .! Die haben zugeschnappt. Zugebissen. – »Ach, kusch!« Der Mann warf seinen Kopf in die Hände und schrie in sich hinein: »Ich mag nicht mehr!«

»Ich mag nicht mehr«, wiederholte er diesen Satz schon zum dritten Mal. Er saß bei dem Veterinär Dr. Ott – und wußte schon, daß er vergeblich gekommen war.

Dr. Ott nickte und schüttelte abwechselnd den großen Lockenkopf. »Ich verstehe ja«, sagte er, »ich verstehe . . . Sie sind schließlich in den Jahren, wo so ein Tier . . . es wird mühsam . . . vielleicht auch zu teuer. Das Futter, die Steuer, die Haftpflichtversicherung . . . Aber einschläfern, nein! Herr Ester, das können Sie nicht verlangen.«

»Escher ist mein Name.«

»Natürlich, Herr Escher«, fuhr der Veterinär besänftigend fort.

»Aber sehen Sie doch: ein herrliches Tier.« Er tätschelte der Dogge den Rücken. »Dieser Kopf, diese Brust! Und das Gebiß, tadellos! Ohren und Rute, wie aus dem Zuchtregister. Nur die eine Klaue scheint nicht mehr so ganz . . . Ein herrliches Tier!« wiederholte er in beschwörendem Ton. »Sie wissen wirklich nicht, aus welchem Stammbaum?«

»Nein«, sagte Escher, »und ich will es auch gar nicht wissen.«

Der Veterinär hob die Brauen. In seinen Blick trat der Ausdruck von Besorgnis. »Nun, nun«, versuchte er abzuwiegeln, »ich meinte ja nur . . . Die meisten Tierhalter sind auf Stammbäume ganz versessen.« Der Mann lachte breit. »Ich könnte Ihnen Geschichten erzählen!«

Mit trübem Blick starrte Escher vor sich hin. Der andere merkte: Hier hatten seine Ablenkungsmanöver keinen Erfolg.

Er begann in seiner Ordination auf und ab zu laufen. »Lieber Herr, lieber Herr, ich muß so viele meiner Patienten einschläfern, um ihnen Leiden zu ersparen – und den Besitzern auch. Sie können sich nicht vorstellen, was für Szenen ich manchmal miterleben muß, herzzerreißende Abschiede, die . . . Nun ja. Und Sie wollen ein gesundes, prächtiges Tier . . . Lieber Herr, das bringe ich nicht zuwege.« Und nach einer kurzen Pause. »Ich kaufe Ihnen die Dogge ab. Ja, wirklich.« Nun blies der Veterinär die Backen auf, als böte er ein Opfer an. »Ich kaufe sie Ihnen ab.«

Escher zuckte zusammen. »Nein«, sagte er tonlos. »Verkaufen kann ich sie nicht.« Und er fügte mit schwankender Stimme hinzu: »Sie gehört mir nämlich nicht.«

Einige Zeit blieb es still im Raum. Nur die Dogge atmete hörbar. Hatte sie etwas davon empfunden, was zwischen den Männern schwebte?

Der Veterinär hatte sich wieder hinter seinen Schreibtisch gesetzt. Er spielte jetzt mit seinem Briefbeschwerer, einem Kätzchen aus Glas. Seine Blicke wanderten zwischen Escher und dem Hund hin und her. Er verstand nicht: Der Mann wollte das Tier töten lassen, obwohl es ihm nicht gehörte. Verkaufen aber wollte er es nicht, aus Rücksicht offenbar auf den Eigentümer. Sonderbar. Höchst sonderbar. Als einzige Erklärung blieb ihm die Diagnose: Er hatte es mit einem Psychopathen zu tun. Derlei Leute verabschiedete man am besten so rasch wie möglich.

So komplimentierte er Escher hinaus.

Die Dogge trabte hinter ihm her, gehorsam, gutmütig, offenkundig erleichtert, daß der Aufenthalt in dem für sie von unheimlichen Düften durchwitterten Raum ein Ende hatte. Sie machte Miene, Eschers Hand zu schlecken. Ein kurzer Stoß wehrte sie ab.

Die Bahnstrecke, die fünf Gehminuten von Eschers Wohnung entfernt zwischen Wiesen und Äckern auf einem niedrigen Damm dahinlief, war die meistbefahrene Linie im ganzen Land. Tag und Nacht donnerten Züge vorbei. Nur wenige hielten in dem kleinen Bahnhof der Ortschaft an. Wenn die Luft vom Süden gegen Eschers Fenster und Terrasse drückte, bekam das Geräusch etwas Bösartig-Klirrendes. Sonst glich es eher einem dumpfen Rauschen.

In der Dunkelheit sausten die Intercity-Züge wie leuchtende Perlenschnüre vorüber. Escher fand sie manchmal schön, manchmal empfand er sie bedrohlich in ihrer rasenden Geschwindigkeit.

Die lokale Zeitung, die er sich hielt, hatte nicht nur einmal über Selbstmorde berichtet, die eben auf diesem Streckenabschnitt begangen worden waren. Die Unglücklichen schienen ihn für ihre Verzweiflungstat geradezu zu bevorzugen. Warum nur? Weil hier die Strecke ein langes Stück geradeaus lief und die Züge zum erstenmal nach dem Halt in der benachbarten Großstadt ihr volles Tempo erreichten? Oder lag es am Gelände, an einer nicht meßbaren Ausstrahlung irgendwelcher Erdkräfte, die ins Unheil trieben? Jedesmal wenn er, Escher, eine solche Zeitungsnotiz gelesen hatte, suchte er sich den letzten Weg des Verzweifelten vorzustellen, sein Schwanken, Zögern, seine Todesangst und seinen letzten gräßlichen Schritt. Und ich, dachte Escher, schlafe indessen ganz gemütlich in meinem Bett – und ahne nichts.

Eines Tages entdeckte er, als er mit dem Hund spazierenging, einen schmalen Pfad zwischen zwei Hecken, den er bis jetzt immer übersehen hatte, er führte von der vielbefahrenen Straße ab, mit jungem Gras bewachsen, das eben jetzt wieder frisch zu sprießen begann. Escher bog in das Weglein ein. Er freute sich immer, wenn er weichen Boden oder gar Grasnarbe unter die Sohlen bekam, er freute sich auch, weil er glaubte, den Hund hier frei laufen lassen zu können.

Erst als er ans Ende der Hecken gekommen war, wurde ihm bewußt, daß der Bahndamm hier ganz nahe gelegen war. Ihm entlang zog sich ein schmales Rinnsal, einer dieser siechen Lehmbäche, die nur in Regenzeiten Wasser führten, sonst trocken lagen oder nur faulig sumpften. Die Dogge war mit einem Satz hinübergesprungen und zog nun auf dem schmalen Wiesenstreifen zwischen Damm und Rinnsal ihre Kreise.

Eben ratterte ein Güterzug heran.

In Escher zuckte ein Gedanke auf.

Er verwarf ihn sofort.

Aber der Einfall ließ sich nicht mehr ganz verscheuchen.

Er hatte den Tod des Tieres beschlossen, als er den Veterinär aufsuchte. Hätte der Mann getan, was von ihm verlangt wurde, wäre die Sache in einer Viertelstunde abgetan gewesen.

Der Veterinär hatte sich verweigert.

Escher hatte sich den Tod des Tieres ruhig und schmerzlos gewünscht, ein sanftes Einschlummern. Er war nicht grausam. Nur mit Widerwillen konnte er von Marter- und Folterszenen lesen. Sobald im Fernsehen Bilder dieser Art auftauchten, schaltete er um oder aus. Im Krieg hätte er wohl auf feindliche Stellungen geschossen, hätte aber sicher danebengehalten, sobald menschliche Gestalten einzeln sichtbar geworden wären. Er hatte den Anblick eines getroffenen Feindes fast ebensosehr gefürchtet, wie selbst getroffen zu werden. Er konnte seiner sicher sein: Er war kein Sadist.

Ein einziges Mal war er aufgefordert worden, einer Kreatur den Garaus zu machen.

Er war eben achtzehn und nach einer schweren Krankheit aufs Land geschickt worden, dort sollte er sich erholen. Er wohnte bei einer Verwandten in einem alten, fast verfallenen Haus. Die Frau klagte über eine Mäuse- und Rattenplage. In der Tat huschten die Tiere am hellichten Tag durch Küche und Zimmer. Der junge Egon fand die Mäuschen eher possierlich. Mit den Ratten verhielt es sich freilich schon anders.

Sie mußten aus dem morastigen Tälchen kommen, das sich unterhalb des Hauses erstreckte, auch aus den Senk- und Abortgruben. Man fürchtete die Ratten, man haßte sie, jetzt im Krieg erst recht. Je knapper das Essen wurde, desto eifersüchtiger wachte man über die eigenen Vorräte. Keinesfalls wollte man sie mit den Langgeschwänzten teilen. Die alte Frau jammerte Egon die Ohren voll, wie frech, widerwärtig und gefräßig die Ratten seien.

Man stellte Fallen auf und streute Gift. Etliche

Exemplare erwischte man auf diese Weise. Doch andere wurden dadurch nur vorsichtiger, und eine Ratte übertraf alle anderen an Kraft, Schlauheit und Mut.

Sie wurde von den Bewohnern des Hauses »der Rattenkönig« genannt. Wenn eine an einen Draht gehängte Speckseite angenagt war, hieß es sofort: Da war er wieder da, der Rattenkönig. Wenn ein solider Mehlsack durchbissen oder ein Deckel von einem Kochtopf gestreift war, wieder: der Rattenkönig. Er avancierte zu einer Art Hausdämon, verabscheut und zugleich irgendwie bewundert.

Eines Tages ging er aber doch in die Falle.

Diese Falle bestand aus einem Drahtkorb, der in der Mitte des Deckels eine nach unten verengte Öffnung hatte. Das Tier konnte wohl in den Korb hinein-, aber nicht mehr hinauskriechen. Unverletzt geblieben, mußte es nun als Gefangener zu Tode gebracht werden.

Die Hausgemeinschaft, bei der Egon lebte, bestand aus seiner alten Verwandten, deren ebenfalls schon bejahrter Schwägerin und zwei jungen Mädchen. Egon war der einzige Mann. So war er gefordert. Er sollte den Rattenkönig ersäufen.

In der Küche war ein Bottich mit Wasser bereitgestellt. Nichts leichter, als den Käfig in den Bottich zu versenken und ihn, wenn nötig, mit einem Schürhaken unter Wasser zu halten.

Die Frauen gingen hinaus.

Egon näherte sich dem Käfig, und seine Augen begegneten dem Blick der Ratte. Er war haß- und angsterfüllt. Die kleine schwarze Schnauze öffnete sich und zeigte die Zähne. Die Ratte war bereit, um ihr Leben zu kämpfen, so gut sie das in ihrem Käfig vermochte. Egon verließ den Raum.

Draußen im Flur standen die Frauen zusammengedrängt, voll Spannung. »Ist er schon hin?« fragten sie.

»Nein, noch nicht. Geht nicht hinein. Ich komme gleich wieder.«

Er ging in sein Zimmer und setzte sich auf sein Bett.

Er wünschte sich weit weg.

Er wußte, daß er sich lächerlich machte, wenn er den Rattenkönig nicht ertränkte. Aber er wußte auch, daß er sich dem Blick des Tieres nicht noch einmal aussetzen wollte.

Er saß und kämpfte mit sich.

Da hörte er Schritte vor dem Haus, ein Klingeln, ein Knarren der Tür. Irgend jemand wurde im Flur von den Frauen begrüßt. Eine männliche Stimme antwortete. Egon erkannte sie: ein junger Mann aus der Nachbarschaft; ein Urlauber wollte Abschied nehmen.

Er sollte wieder an die Front.

Das Reden unten dauerte eine Weile. Egon lauschte. Er glaubte, daß der Mann in die Stube geführt wurde. Wahrscheinlich wollten ihn die Frauen mit einem Gläschen Schnaps bewirten. Nein, sie führten ihn in die Küche. Dort stand der Bottich und die Falle. Als Egon endlich hinunterkam – der Besuch war längst gegangen –, stand kein Bottich mehr da, auch die Falle war verschwunden. Egon begriff: der Fronturlauber hatte kurzen Prozeß gemacht. Er war erleichtert.

Die Frauen erwähnten den Vorfall mit keinem Wort. Aber Egon glaubte von nun an Geringschätzung aus ihrem Verhalten gegen ihn herauszuspüren. Er verließ das gastliche Haus früher als vorgesehen. Zu Hause erlitt er einen Rückfall in seine perniziöse Gelbsucht. Der Arzt sagte: eine Nervensache.

Manchmal träumte er vom Rattenkönig. Es waren keine angenehmen Träume.

Nun also gab es diesen Pfad zum Bahndamm. Diesen verborgenen Heckenpfad, idyllisch, weicher Boden, gut zu beschreiten. Warum sollte er, Escher, ihn nicht wieder einschlagen? Er konnte ja, wenn er sich der Gefahrenzone näherte, die Dogge an die Leine nehmen.

Im Augenblick fuhr kein Zug vorbei. Also hängte er den Hund auch nicht an.

Dieser war offenkundig äußerst vergnügt darüber, hier ungehindert einen weiten Auslauf zu finden. Nachdem er sich fünf Minuten lang in gewaltigen Sprüngen ausgetobt hatte, begann er das Bachbett zu durchstöbern, dann wieder grub er in Maulwurfshügeln und ließ Erdklumpen fliegen. Escher wartete. Es konnte nicht mehr lange dauern, bis der nächste Zug fuhr.

Schon ließ sich von fern ein dumpfes Rollen hören. Mit einem langgezogenen Pfiff näherte sich ein Intercity-Expreß.

Escher hielt den Atem an. Der Hund hörte zu

scharren auf, er verhoffte, dann jagte er auf den Bahndamm zu. Escher drehte sich um und schloß die Augen. Er hörte die Dogge blaffen. Das Donnern des Zuges wurde lauter und lauter. Das Bellen der Dogge ging darin unter. Escher preßte beide Fäuste vor die Augen. Wieder ertönte ein langgezogener Pfiff. Der Mann spürte, wie ihm der Schweiß aus allen Poren brach.

Jetzt verebbte das Geräusch. Er wagte nicht, sich umzuschauen. War es geschehen? War es nicht –? Nach einigen Sekunden vernahm er wieder die ihm nur allzu wohlbekannten Geräusche, Rennen, Bellen, Schnauben. Die Dogge kehrte zu ihm zurück.

Ermattet wie nach einer Ausschweifung trat Escher den Heimweg an.

Jetzt war das Tier schon fast ein halbes Jahr bei ihm. Er fühlte sich krank, elend, ausgehöhlt von der ständigen Plage. Unzählige Male schon hatte er schwere Rucksäcke mit Hundefutter herbeigeschleppt, und wieder hatte ihm Frau Kathi Vorwürfe gemacht, daß er sich noch immer nicht von dem Tier befreit habe. Aus den Vorwürfen hörte Escher die versteckte Drohung heraus, ihren Dienst bei ihm zu beenden. Er bot ihr einen höheren Lohn. Die Frau lehnte ab: »Ich bin nicht wegen des Geldes bei Ihnen . . .«

Einmal hatte die Dogge einen anderen Hund gebissen, einen Pinscher. Dieser, ein nervöses und aggressives Tier, war der Angreifer gewesen.

Nichtsdestoweniger wurde Escher von dem

Pinscherbesitzer beschimpft und mit einer Klage bedroht. Escher zahlte die Tierarztrechnung und entschuldigte sich. Seither vermied er möglichst alle Wege, auf denen er anderen Hunden begegnete. Übrig blieb nur noch der Heckenweg zum Damm.

Ich bin ein Mörder, sagte er sich, denn ich will morden. Ich will durch gespielte Fahrlässigkeit morden, um so schlimmer. Warum kaufe ich mir nicht eine Pistole und schieße das Tier tot, da ich es schon los sein will. Niemand kann mich deshalb belangen. Möglicherweise aber werde ich zur Rechenschaft gezogen, wenn die Dogge in den Zug springt. Der Lokomotivführer könnte erschrecken und jäh bremsen. Dabei könnte ein Schaden entstehen, Gepäckstücke könnten aus den Netzen geschleudert, Passagiere durch die Gänge gewirbelt werden. Unausdenkbar, wenn man dann ihn, Escher, dafür belangte.

Trotzdem schlug er anderntags wieder den Heckenweg ein.

Dann wieder gab es Stunden, nein, nicht Stunden, doch Augenblicke, in denen er etwas wie Liebe in sich aufkeimen fühlte, Liebe zu einer Kreatur, die ihm auf ihre Weise ihre Traurigkeit und Vereinsamung, ihre Ohnmacht und Abhängigkeit zu zeigen versuchte. Der Hund hatte lange hinter seinem verschwundenen Herrn hergetrauert, zuletzt war diese Anhänglichkeit in der leeren Wohnung der Carola zum Ausdruck gekommen.

Seither war, so schien es Escher manchmal, in dem Tier etwas gekippt. Vorbei waren die Nächte, da es plötzlich grundlos von seiner Decke aufsprang und ein klagendes Heulen vernehmen ließ. Längst vorbei das verzweifelte Scharren an Eschers Wohnungstür, das in den ersten Tagen geradezu unerträglich gewesen war.

Die Dogge verkroch sich jetzt auch seltener hinter dem Schreibtisch. Sie saß aufrecht neben Escher und blickte ihn aus ihren dunklen Augen fragend an. Sie wußte, daß sie weder ihre Pfote noch ihre Schnauze auf Eschers Knie legen durfte. Aber sie wedelte, wenn Escher den Kopf nach ihr wandte. Hie und da drückte sie sich an seine Hüfte, wenn er sich zum Ausgehen fertig machte. Ihr Blick heischte nach Geduld, Zuwendung, Verständnis. Sie schien darauf zu warten (und darum zu bitten), daß er die Hand auf ihren Kopf legte. Beim Striegeln hielt sie still, als fühlte sie den Strich der Bürste wie eine Art Liebkosung.

Dann und wann konnte sich Escher nicht enthalten, das Gesicht des Hundes zu sich aufzuheben und sich in seine einzelnen Züge zu vertiefen. Er staunte immer wieder, wie glatt das Fell war, wie wunderbar symmetrisch und makellos gespannt die Wangen ansetzten, wie gleichmäßig die Stromung verlief, wie präzise die Ohren gemuschelt und bis in die rosa schimmernde Höhlung mit feinsten Härchen besetzt waren. Tiefschwarz glänzte die Schnauze mit den geschweiften Nüstern, als wäre sie nicht gewachsen, sondern aus Metall gefräst, poliert und gelackt.

Ein Wunderwerk der Natur, dachte Escher, wie alles Tierische, vom Insekt bis zum Büffel. Nur der Blick des Hundes schien ihm anders, getrübt, beinah menschlich. Dieser Blick beunruhigte ihn. Katzenaugen, dachte er, bleiben immer fein, glasklar, optische Instrumente, nichts weiter. Diese Augen aber, Hundeaugen, sie sind bereits angesteckt von der Traurigkeit dieser Welt. Unserer Welt.

Sie wissen schon zu viel.

In solchen Augenblicken fiel Escher ein, was er irgendwann über die Geschichte des Hundes gelesen hatte. Das erste Haustier, noch aus der Steinzeit. Die erste Kreatur, die der Jäger an sich gebunden hat. Vertilger von Aas und Därmen.

Der Hund war die erste und einzige Kreatur, die das eigene Leittier verließ, um konsequent und ohne Rückfall den Menschen als Leittier anzunehmen. Damit, dachte Escher und mußte über den eigenen Einfall lachen, war der Hund auch erbsündig geworden. »Erbsündig . . . He du!« Er beugte sich zu der Dogge nieder. »Bist du erbsündig?«

Die Dogge blinzelte nur und blies durch die Nüstern.

Escher setzte sich wieder aufrecht in seinen Lehnstuhl und sinnierte vor sich hin.

Der Mensch hatte alles aus dem Hund gemacht, was er wollte: das Schoßtier, den Jäger, den Wächter, den Hetzer, den winzigen Rattler, die riesige Dogge. Den Menschenretter, auch den Menschenmörder?

Am anderen Tag schlug Escher wieder den Heckenweg ein.

Nun waren schon zehn Monate vergangen, seit Lohmann verschwunden war. Der Herbst kündigte sich an. Aus den Baumkronen wehten die ersten dürren Blätter, im Postkasten mehrten sich Briefe und Drucksachen. Der Redakteur einer Zeitschrift schrieb an Escher: »Geehrter Herr, wir warten auf Ihren Beitrag. Sie haben ihn uns vor einem Jahr angekündigt; er ist bis jetzt nicht eingetroffen.«

Escher geriet in Aufregung. Ja, da war doch dieser Essay gewesen, den er schon längst begonnen hatte! Das Material war gesammelt, gesichtet, verzettelt. Aber der Text war liegengeblieben, nach den ersten Zeilen abgebrochen, weil damals Lohmanns Dogge bei ihm eingerückt war.

Eschers Aufregung verdoppelte sich, als eine weitere Mahnung kam: »Lieber, Verehrter, Sie haben hoffentlich noch nicht vergessen . . . Ein Symposion . . . Sie haben zugesagt. Unser Thema: Frühes Mittelalter in unseren Alpenregionen . . . immer noch lohnend. Soeben bereiten wir das Programm vor, dürfen wir Ihren geschätzten Namen . . . Wir wären glücklich . . .«

Dieser Brief brachte Escher endgültig aus dem Häuschen.

O ja, da schlug sein altes, mächtiges, seit einem Jahr sträflich vernachlässigtes Leben, Streben und Lieben wie eine gewaltige Glocke in ihm an. Er war gefordert, war gefragt. Er sollte schreiben, sollte reden, er sollte endlich wieder er selbst sein, E. E., Egon Escher, der Privatgelehrte.

Er durfte wieder hoffen.

Gewiß, er hatte ein Jahr vergeudet, ein ganzes kostbares Jahr für die Lohmannsche Bestie. Die Gegenwart des Tieres hatte ihn gestört, die Pflichtspaziergänge hatten ihn erschöpft. Nun aber wollte er nachholen. Er wollte sich bewähren. Die Initialen E. E. sollten wieder etwas gelten.

Aber zuvor mußte er diese Reise unternehmen. Eine Reise nach Tirol, in den Raum von Innsbruck. Dort hatte er sich zu vergewissern, ob eine bestimmte Theorie der Überprüfung standhielt.

Es ging dabei um einen der Alpenübergänge, von denen seit jüngster Zeit angenommen wurde, sie seien schon unter den Römern – wenn nicht von ihnen selbst! – erkundet und benützt worden. Nach schriftlichen Zeugnissen aus jener Zeit zu suchen, das wußte der Fachmann, war völlig nutzlos. Das Gelände selbst mußte sprechen und verraten, ob eine Beschreitung damals möglich – und sinnvoll gewesen wäre.

Da war ein mittelhohes Joch südlich der Isarquelle im Karwendel; es bot eine Verbindung aus dem Nordtiroler Zentralraum zur späteren Porta Claudia. Unweit des Jochs war schon in vorgermanischer Zeit eine Salzquelle entdeckt, später ein Salzbergwerk betrieben worden. Sogar Schürfungen nach Silber sollten dort stattgefunden haben. Von einigen Heimatforschern war die Vermutung ausgesprochen worden, daß das Joch schon früh benützt und begangen worden sei, wohl vorab von Gruppen, die den Zoll- und Mautstationen im Inntal ausweichen wollten. Das leuchtete ein. Aber Escher wollte sich keinesfalls zu der Hypothese äußern, ehe er nicht das Gelände gesehen und abgeschritten hatte. Wie sollte er sonst die Gegend beschreiben und anschaulich machen? In seinem Kopf kreuzten kühne Phantasien: Vielleicht gelang es ihm, einer alten verfallenen Wegtrasse ansichtig zu werden, an einem Stein ein verwittertes Wegzeichen zu entdecken? Derlei war ihm früher schon gelungen. Es war ja geradezu Mode geworden, nach den verschwiegenen Geheimnissen abgelegener Gebirgstäler zu stöbern. Warum sollte nicht auch er . . .?

In seinen Phantasien vergaß er sogar den Ärger mit der Dogge.

Er vergaß auch anderes, an seine eigene körperliche Verfassung wollte er jetzt nicht denken. Es war mehr als zehn Jahre her, daß Escher – damals noch mit Luisa – eine größere Bergwanderung unternommen hatte. Sein Herz neigte zu Extrasystolen. Schwüles Wetter ermüdete ihn. Auch die Treppe zu seiner Wohnung setzte ihm zu, vor allem, wenn er eine schwere Tasche zu tragen hatte. Aber Escher verscheuchte diesmal seine Bedenken. Er sagte sich: Noch weit Ältere bewältigen die höchsten Berge. So werde ich doch diese lächerlichen achtzehnhundert Meter des Lafatscherjoches auch ersteigen können. Gut, daß der Sommer zu Ende geht. Mit der schlimmsten Hitze ist es vorbei. Das Wetter scheint zu halten. Ich fahre morgen nach Tirol.

Er packte seinen alten Rucksack: Karte, Notiz- und Zeichenblock griffbereit in die Außentasche. Seinen Photoapparat versenkte er zwischen Pyjama und Wollsocken; darüber ein Hemd zum Wechseln, Sonnencreme und schwarze Brille. Dann überlegte er: Der Hund, was brauchte der Hund? Ihn mußte er ja mitnehmen. Wem hätte er ihn auch anhängen können? Der Hund brauchte Leine und Maulkorb. Mehr nicht? Zu fressen, dachte Escher, wird er wohl im Wirtshaus kriegen. (Lohmann hatte gesagt: »Wirtshausfutter – strengstens verboten.« Verfluchter Lohmann!)

Für sich selbst sammelte er etliche Medikamente in einen Beutel, Zahnbürste, Kamm. Wie wenig der Mensch doch brauchte! Trotzdem wuchs die Last.

Am Abend saß er noch in seiner Küche und las die Zeitungen vom heutigen, gestrigen, vorgestrigen Tag. Die Dogge saß neben ihm. Dann und wann sprach er sie an: »Morgen, mein Lieber, geht es heidi. Im Zug. Ja, im Zug. Bist schon mal Zug gefahren? Nein? Züge kennst du nur von außen, wie? Scheust sie. Jaja. Bist ja nicht dumm. Gar nicht so dumm. Bist keinem vor die Räder gerannt – du. Keinem!«

Noch einmal raschelte Escher die Zeitungen durch. Er gähnte. Er hatte auch heute nicht gefunden, wonach er seit Monaten suchte: »Die Staatsanwaltschaft ermittelt gegen . . .«

Am anderen Morgen stand er am Schalter und verlangte die Billetts, eine Rückfahrkarte für sich, eine Hundekarte, hin und zurück.

»Für Hunde gibt's kein Retour«, sagte der Schaltermann, und dann, mit einem Blick auf die Dogge: »Jessasmarjajosef! So ein Stück! Da braucht's ja ein Abteil allein.«

Escher steckte die Karten ein. Die Leine straffte sich in seiner Hand. »Fuß. Fuß.« Die Leine hing schlaff. »Hast du gehört? Für Hunde gibt's kein Retour.«

Wie der Schalterbeamte gesagt hatte: Sie brauchten ein Abteil für sich allein. Auch in den späteren Stationen blieben sie für sich. Wenn zugestiegene Passagiere an den Türgriff faßten, ein Blick auf den Hund genügte, und sie eilten weiter. Dabei zeigte die Dogge selbst nur Angst. Sie lag Escher zu Füßen, den Kopf an seine Schuhe gepreßt. Die Zuggeräusche mußten sie erschrekken, wohl auch das Rollen der Räder unter dem Abteilboden, das Schwanken des Wagens, das metallische Schlagen der Weichen. Unaufhörlich lief ein Zittern über ihre Flanken. Überquerten sie einen Fluß, jaulte sie leise auf. Wenn Escher sie zur Ruhe wies, schlug sie die Augen mit kläglichem Ausdruck gegen ihn auf. Der Mann dachte: Wo habe ich denn das gelesen – »mit blutendem Blick . . .«?

Nach vier Stunden war es soweit. Sie konnten aussteigen. Kaum auf dem Bahnsteig, entleerte sich der Hund. Escher zerrte die Dogge hastig weiter.

Sie übernachteten in einem einfachen Wirtshaus unweit der Schlucht, durch die sie am nächsten Tag aufsteigen wollten. Nach dem Abendessen saß Escher am Wirtshaustisch und studierte die Alpenvereinskarte der Gegend.

Er rechnete mit einem Weg von vier Stunden. Diese vier Stunden hoffte er durchzuhalten.

Um sieben Uhr morgens gab es Frühstück. Er fütterte die Dogge mit zwei dickbestrichenen und mit Käse belegten Buttersemmeln. (»Käse ist streng zu meiden«, hatte Lohmann gesagt. Verfluchter Lohmann.)

Gleich danach brachen sie auf. Escher hatte die Dogge an die Leine genommen. Später, nahm er sich vor, würde er sie frei laufen lassen.

Anfangs kam er nur langsam voran. Die Straße in das enge felsige Hochtal setzte sofort mit starker Steigung ein. Escher atmete schwer. Nach einer Weile wurde ihm leichter. Offenbar begann er sich einzulaufen. Der Morgen war noch kühl, der Talgrund schattig. Aber auf dem gewaltigen Kalkberg, auf den er zuschritt, lag schon weiß und blendend das volle Sonnenlicht.

Hinter einem halbverfallenen Stadel, der auf der Karte mit »Erste Ladhütte« bezeichnet war, stand eine Tafel: »Freilaufende Hunde werden erschossen«.

Hier begann vermutlich ein wildreiches Revier.

Escher setzte seinen Aufstieg fort. Die Straße wurde noch steiler, sie war nur noch teilweise asphaltiert, teilweise war sie mit kleinem Schotter bedeckt, der unter den Sohlen rutschte. Der Mann blieb stehen und blickte um sich. Er war mutterseelenallein. Es ging über seine Kraft, den Hund weiter an der Leine zu halten. Das Tier riß einmal vorwärts, einmal zur Seite, dann und wann auch zurück. Escher hatte genug mit sich selbst zu tun. Er löste den Karabiner vom Halsband. Sollte die Dogge doch rennen!

Nun schlängelte sich die Straße zur Linken eine Felswand entlang. Zur Rechten rauschte ein Bach. Eine mit einer Inschrift versehene Säule erinnerte an zwei Männer, die hier von einer Lawine verschüttet worden waren. Gleich dahinter eine Markierungstafel: »Zur Bettelwurfhütte, zwei Stunden«. Escher ließ die Abzweigung hinter sich liegen. Das Joch, das er ersteigen wollte, lag noch weiter taleinwärts, noch weiter westlich unter anderen zerklüfteten Bergspitzen.

In der ersten starken Kurve weitete sich das Sträßchen zu einem ebenen, mit alten Buchen umstandenen Platz. Hier war es dämmrig unter dem dichten Laubdach und den ineinander verschränkten weißlichen Ästen der mächtigen Bäume. Escher erspähte ein Bänkchen und sank schwer atmend darauf nieder. Vor seinen Augen war Finsternis. Eine Weile saß er besinnungslos da. Durch seinen Kopf huschte der Gedanke, er habe sich mit diesem Gang doch wohl zu viel zugemutet.

Dann aber dachte er an seinen Vortrag. Er wollte nicht aufgeben, keinesfalls. Er nahm von seinen Herztropfen und rastete eine halbe Stunde lang. Vielleicht wäre er auf seinem Bänkchen eingeschlafen, wenn sich die Dogge nicht immer wieder bei ihm eingestellt hätte. Sie zog zwar ihre gewohnten großen Kreise, stöberte hangauf und hangab und blaffte hinter jedem Schatten her, dann aber war sie wieder da, stieß ihre Schnauze an Eschers Beine und versuchte ihm mit Sprüngen und kleinen Jaullauten zu verstehen zu geben, daß sie nur darauf warte, mit ihm weiterzuwandern. Sie fühlte sich hier, los- und freigelassen, offenbar restlos glücklich. – Solche Kräfte, dachte Escher, solche Kräfte möchte man haben.

Eine halbe Stunde später war er, auf rund fünfzehnhundert Metern, auf die Höhe des alten Salzbergwerks gelangt. Eine Tafel wies auf den Eingang hin: Noch konnte man einige Stollen besichtigen und die Rutsche befahren, die, wie gestern im Gasthaus zu hören gewesen war, immer noch viele Touristen anlockte. Aber Eschers Interesse galt nicht dem Bergwerk: darüber war schon genug geforscht und geschrieben worden. Allmählich rückte das Joch in sein Blickfeld. Es schien ihm noch erschreckend weit entfernt.

Bisher war er im Schatten gewandert. Jetzt trat die Sonne über den Kamm, der das Hochtal im Süden begleitete. Der Kamm war zwar felsig zerklüftet, doch nicht sehr hoch. Auf der Gratlinie zog sich eine Reihe krüppelhafter Fichten dahin, wie eine Prozession dunkler pilgernder Gestalten. Escher fühlte sich erinnert: So hatte er deutsche Soldaten am Ende des Krieges in die Gefangenschaft abmarschieren sehen – und Flüchtlinge auf zerstörten Straßen. Der Anblick hatte etwas Tragisches und Desperates. Aber er blickte nicht lange zu den Bäumen hinauf. Die Sonne prallte ihm ins Gesicht und zwang ihn für einen Augenblick, die

Augen zu schließen. Fast sofort brach auch ein Schwall Hitze über ihn herein. Nun lag sein Weg in blendendem Licht; der Aufstieg würde von nun an noch mühseliger werden.

Escher dachte daran, seine schwarze Brille aus dem Rucksack zu holen; er dachte auch daran, daß er hier, wo der Jochweg sichtbar wurde, die Gegend photographieren sollte. Doch die Mühe, den Rucksack zu öffnen und Brille und Apparat herauszusuchen, schien ihm plötzlich unzumutbar. Seine Hände zitterten, und aus den angespannten Wadenmuskeln zog sich ein brennender Schmerz in seine Schenkel und Lenden.

Hinter Latschengestrüpp und Lärchen tauchten weißgekalkte Mauern auf. Escher wußte, das waren die ehemaligen Herrenhäuser, in denen sich die Verwaltung und Leitung der aufgelassenen Salzgrube befunden hatten. Jetzt standen sie wohl leer?

Nein, in einem der Gebäude war eine Imbißstube eingerichtet. Unter einem weit vorkragenden Schindeldach waren Tische und Bänke aufgestellt. Junge Leute saßen dort, Bergsteiger, etwa ein Dutzend. Ihre Hemden und Joppen leuchteten weiß, grüngelb, rot, ein buntes Gesprenkel.

Escher dachte, wie gut es wäre, im Schatten sitzen und trinken zu dürfen!

Doch die Imbißstube lag etliche Meter unterhalb seines Weges. Wollte er sie aufsuchen, verlor er an Höhe. Das durfte er sich nicht erlauben. Er fürchtete auch, von den jungen Leuten angesprochen zu werden, und glaubte nicht mehr die Kraft zu haben, ihnen zu antworten.

Durch die zusammengekniffenen Lider konnte er den Namen der Bude entziffern: »Rauschbrunn«. Ein schöner Name: Rauschbrunn.

Das war der letzte klare Gedanke, den er noch faßte.

Nun war die Straßentrasse längst hinter ihm geblieben. Der Weg verengte sich und wurde noch einmal steiler, ein schmales Schotterband, das sich in Serpentinen den mit Krüppelkiefern bewachsenen Hang emporwand. Escher sah Luisa vor sich hergehen. Sie ging mit weit ausgreifenden Schritten, eine große, etwas zu magere, dunkellockige Frau. Dann sah er sich selbst an einem Vortragspult stehen, von Beifall umbraust. Er sah sich selbst als kleines Kind, in ein Mädchenkleid gesteckt, mit einer Gerte Hühner und Enten jagen. Er sah die Dogge . . .

In der Imbißstube »Rauschbrunn« hatten sich zwei Gruppen Bergsteiger zusammengefunden. Die einen waren über die sogenannte Kaisersäule in das Hochtal abgestiegen und wollten über das Lafatscherjoch; die anderen hatten einen noch längeren Weg hinter sich, von der Amtssäge über die Pfeis, und wollten es sich jetzt bis gegen Abend gemütlich machen. Beide Gruppen hatten bei der Wirtin des »Rauschbrunn« eine Mahlzeit bestellt.

Noch ehe das Essen kam, sahen die jungen Leute den alten Mann Schritt für Schritt vorüberschlurfen. Schon vorher hatten sie seinen Hund gesichtet. Die einen, die über das Joch wollten, aßen rasch, zahlten und brachen auf. Die anderen bestellten Getränke und noch einmal Getränke. Einer von ihnen hatte eine Klampfe bei sich, er stimmte ein Lied an. Sie sangen, sie tranken, die Paare rückten zusammen.

Unterdessen hatte sich ihnen ein älterer, dicker, rothaariger Mann zugesellt. In seinem grünen Lodenrock, den schwarzen Spitzhut mit dem Gamsbart in den Nacken geschoben, hatte er mit dem Rücken zum Weg Platz genommen. Neben ihm lehnte ein Jagdgewehr, unter seinem Sitz lag ein kleiner dunkelbrauner Dobermann. Der dicke Mann unterhielt sich mit den jungen Leuten, redete laut, lachte laut und führte zwischen den Liedern das große Wort. Die jungen Leute hörten ihm gutmütig zu; nur wenn seine Reden zu anzüglich wurden, erröteten die Mädchen und rückten von ihren Partnern weg. Der Mann war der Jagdaufseher des Reviers.

Zweimal schoß der kleine Dobermann unter der Bank hervor und schlug an. Der Jagdaufseher wies den Hund zur Ruhe. Er wollte seine Witze fertig erzählen.

Plötzlich aber lauschte er auf. Ein fremder Laut hatte ihn alarmiert. Zugleich bellte sein Hund von neuem. Der Jagdaufseher sprang auf. Als einer der jungen Leute etwas sagen wollte, schnitt er ihm das Wort mit einer heftigen Handbewegung ab. Dann stieß er einen Fluch aus, sprang über die Bank und rannte, ohne gezahlt zu haben, bergwärts aus der Wirtschaft.

Die Gruppe, die in Richtung des Joches aufgebrochen war, stockte, ehe sie die dritte Serpentine erreicht hatte. Auf dem Weg saß ein alter Mann und schlief. Er lehnte an einem Felsblock und hatte die Beine weit von sich gestreckt, so daß die jungen Bergwanderer über seine Füße hinwegsteigen mußten. Sie lachten, und einer von ihnen sagte: »Der schläft aber gut.«

Ein anderer sagte: »Der ist doch an uns vorbeigegangen.«

Und ein Mädchen ergänzte: »Der hat doch auch den großen Hund dabeigehabt.«

Ein dritter sagte: »Jaja, das Riesenvieh.« Nun waren sie alle vorbei und bogen in die dritte Serpentine ein. Noch einmal wurde der weiße Scheitel des Alten zwischen den Krüppelkiefern sichtbar. Noch einmal sagte der, der als erster über seine Beine weggestiegen war: »So schlafen möcht' ich auch mal können.«

Escher wachte noch einmal auf. Ein Geräusch, das kurze trockene Peng eines Schusses, drang an sein Ohr und – verwischt und dumpf – in sein Gehirn. Er versuchte, seine Augen zu öffnen und sich aufzurichten. Aber er rutschte nur noch tiefer von seinem Felsblock ab – und lag nun der Länge nach auf dem Weg.

Eine Weile war nichts. Die mit Schotter und Felsplatten bedeckte Halde glühte. Es lag Föhn in der Luft, und das schwere Septembernachmittagslicht zog jede Kontur noch schärfer in den schwarzblauen Himmel. Die Krüppelkiefern schwitzten ihr Harz aus wie immer. Da und dort rieselte etwas Sand zwischen den Steinen. Viel weiter oben kreisten die Jochdohlen.

Etwa hundert Meter unter Eschers Sitzplatz wurde der Pfad zum Joch von einer steilen Schotterrinne gequert, sie führte in ein kleines Wiesental, das sich unter den ehemaligen Herrenhäusern und der neuen Wirtschaft »Rauschbrunn« ostwärts einmuldete. Doch ehe die Schotterrinne den Talgrund erreichte, brach der Hang unter ihr in eine fast senkrechte Schrunde ab. Diese Schrunde war, was man in Tirol ein »Wandel« nennt, nicht höher als zwanzig oder dreißig Meter, hoch genug allerdings, daß auch eine gewandte Gemse über sie zu Tode stürzen konnte. In der Schotterrinne sprossen einzelne Grasbüschel. Darum ließen führende Gemsen gern ihre Jungen hier äsen.

An jenem Herbstnachmittag erschien über einem Halbdutzend Gemsen, darunter zwei führende Geißen, ein fremdartiges Ungeheuer. Die Tiere kannten den Hund des Revieraufsehers, ihn fürchteten sie nicht. Sie kannten auch andere Hunde und erschraken vor ihnen nicht heftiger, als daß sie sich mit einigen federnden Sprüngen zwischen den Krüppelkiefern oder über einen Felswulst zurückzogen. Ein Ungeheuer wie dieses aber hatten sie noch nie gesehen. Sie begannen schneller zu galoppieren als sonst. Die Jungtiere versuchten zu folgen, aber sie stolperten und gerieten in Panik. Eins von ihnen kollerte in die Schrunde, das Muttertier hinterher. Ein zweites Jungtier stürzte. Endlich blaffte ein Schuß. Das

Ungeheuer tat einen gewaltigen Satz und verschwand aus dem Blickfeld.

Die Jochdohlen kreisten noch immer. Einige von ihnen schwangen einen weiteren Bogen über das Tal als gewöhnlich. Sie schienen etwas Auffallendes gesichtet zu haben.

Eine von ihnen, die stärkste, tauchte in die Tiefe. Ihre Rufe klangen anders als sonst, schärfer, heftiger, selbstbewußter. Der Schwarm geriet in Erregung. Er strich talwärts ab.

Indessen hatte die Gruppe junger Bergsteiger das Joch erreicht. Sie sammelten sich und berieten, welchen Weg sie jetzt einschlagen sollten: Hier liefen viele Pfade auseinander. Da sie sich lange nicht einigen konnten, trennten sie sich schließlich. Die einen wanderten zum Überschall, die anderen schlugen den Knappensteig ein. Zum Abschied zog einer der Burschen seine Mundharmonika heraus und blies ein Lied. Der dünne schwirrende Ton verwehte im Jochwind, schwächer als ein Dohlenschrei.

Wieder war Stille. Die Sonne wanderte, die Schatten wuchsen. Aus der Schotterrinne, die in das »Wandel« mündete, tauchte der Revierjäger auf. Sein Gesicht war jetzt dunkelrot. Er schwitzte gewaltig. Dabei redete er unaufhörlich vor sich hin: Flüche, Drohungen, wieder Flüche. Er schleppte etwas: eine junge Gemse. Sie war verletzt, ihre Schnauze voll Blut. Der Hund des Revierjägers folgte seinem Herrn geduckt und verängstigt, als hätte er begriffen, was eben geschehen war.

Als der Revierjäger an die Wegstelle kam, an der Escher im Schotter lag, begann er zu schreien: »Sie, heda, Sie! Das war doch Ihr Biest?!« Das letzte Wort freilich war schon leiser, zögernd, beinahe gequetscht hervorgebracht. Der zornig glotzende Blick in dem roten Gesicht wurde starrer.

»Ah – ah.« Die blutende Gemse war abgelegt, und das über die Schulter gestreifte Gewehr stieß mit dem Kolben zu Boden. »Verflucht noch mal. Der ist ja – hin.«

Hin war Egon Escher noch nicht. Eine knappe Stunde später hielt ein Geländewagen mit rotem Kreuz in der Nähe der alten Herrenhäuser. Drei Männer sprangen heraus. Sie führten eine Bahre mit sich.

Mrs. Grita W. Winston geborene Escher war sofort nach dem Eintreffen des Telegramms von ihrem Urlaub in Kanada in ihren Wohnort auf Long Island zurückgekehrt. Dort besprach sie sich kurz mit ihrem Gatten und buchte einen Flug nach Europa. Drei Tage nach Eschers Zusammenbruch erschien sie in der Innsbrucker Klinik, in die er eingeliefert worden war.

Er lag in der Intensivstation und war kaum ansprechbar. Trotzdem gestatteten die Ärzte wenige Tage später die Überführung in ein Krankenhaus seiner Heimatstadt.

Nun brauchte Mrs. Winston nicht mehr im Hotel zu wohnen, sie konnte im Appartement ihres Vaters bleiben. Aber sie fühlte sich hier ebensowenig wohl wie dort. Schon der Anblick des Hauses ernüchterte sie, der öde Hof, der häßliche Eingang kamen ihr trostlos vor. Auch die Maisonette enttäuschte sie; ihr Vater hatte so zufrieden geschrieben! Sie – an Besseres gewöhnt – begriff diese Zufriedenheit nicht.

Sie begriff mancherlei nicht. Sie hatte ihren Vater als einen penibel ordentlichen Menschen kennengelernt; aber die Wohnung zeigte unübersehbar die Spuren einer gewissen Vernachlässigung. In einem offenen Korb lag schmutzige Wäsche, in der Küche stand ungespültes Geschirr, in dem sich bereits Schimmel angesetzt hatte. Auf dem Sofa stapelten sich alte Zeitungen, Kataloge, Werbeschriften. Grita W. Winston machte sich seufzend daran, hier aufzuräumen.

Die Nachbarn erzählten ihr, im letzten Jahr habe der Vater einen schrecklich großen Hund bei sich gehabt, ein Ungeheuer, das alle vergrämt und verschreckt habe. Über dieses Tier sei er wohl selbst am allerunglücklichsten gewesen. Seine Zugehfrau habe herumgeschwatzt, ein Freund habe ihm den Hund in Pflege gegeben, ein sogenannter guter Freund. Aber abgeholt habe er ihn nicht mehr. Er habe Herrn Escher wahrscheinlich nur zum besten gehalten.

Mrs. Winston fragte, was mit dem Tier unterdessen geschehen sei. Das wußte ihr niemand zu beantworten.

Bald darauf hatte sie des Rätsels Lösung. Unter ihres Vaters Post fand sie eine gerichtliche Anzeige und eine Rechnung: Die Anzeige betraf einen im Gemeindegebiet Hall in Tirol verschuldeten Wildschaden, die Rechnung die Wegschaffung eines Hundekadavers durch die Tierkörperverwertungsanstalt derselben Stadt. Grita Winston beschloß, ihrem Vater beides zu verschweigen.

Ihm ging es nicht gut.

Sie saß täglich ein oder zwei Stunden an seinem Bett, hielt seine Hand und starrte auf den Monitor, der über seinem Kopf hing und seinen Herzschlag kontrollierte. Obwohl Mrs. Winston mit einem Arzt verheiratet war, verstand sie nichts von den Kurven, die da auf- und niederzuckten und unermüdlich rätselhafte Lineamente auf den Schirm zeichneten. Wenn der Kranke erwachte, sprach er wenig – und manchmal wirr. Immer wieder murmelte er von einem Joch, das er ersteigen, und von einem Weg, den er beschreiben sollte. Dann wieder nannte er die Namen Lohmann und Carola. Dann wieder sprach er von einer »Hölle« und daß er – er! – wer? – dort gewesen sei.

Und endlich, mit einem kleinen schiefmündigen Lächeln: »Eigentlich, Grita, eigentlich ist Mutter daran schuld.«

Nach diesen Krankenhausbesuchen fühlte sich Grita Winston jedesmal ermattet und niedergeschlagen. Sie glaubte nicht, daß ihr Vater noch gesunden könnte. Wie lange sollte dieses Elend eigentlich noch dauern? Sie wünschte sich nach Amerika zurück, zu Mann und Kind – und wagte es doch nicht, sich zu verabschieden.

Sie langweilte sich zwischen ihres Vaters gelehrten und halbgelehrten Büchern; nicht einmal das Fernsehen konnte sie zerstreuen.

Am Abend eines solchen in öder Laune verbrachten Tages läutete das Telephon.

Als sie abhob und ihren Namen nannte, riß die Verbindung ab, als hätte jemand, in dem Moment, in dem er ihre Stimme vernahm, blitzschnell eingehängt. Eine Stunde später folgte derselbe Vorgang, kurz vor Mitternacht noch einmal. Grita Winston fühlte sich beunruhigt. Vielleicht versuchte ihr Mann sie aus Übersee zu erreichen und erhielt keine Verbindung? Nach einigem Zögern wählte sie seine Nummer. Seine Stimme kam klar aus der Muschel. Nein, keine Rede. Er habe nicht angeläutet. Und sonst? Alles in Ordnung. Sie möchte sich doch durch solche Bübereien nicht ängstigen lassen. Doch dann – nachfassend: »Du hast doch hoffentlich gut abgeschlossen?« – »Hab' ich.« – »Auch die Kette vorgelegt?« – »Die Kette? Ich glaube, ja. Ich will nachsehen.« – »Tu das, Liebling. Und good bye!«

Grita Winston lief die enge hölzerne Wendeltreppe der Maisonette hinab, um sich zu versichern, daß sie die Kette in der Tat eingehakt habe. In diesem Augenblick schellte es an der Wohnungstür.

Grita erstarrte.

Es schellte kurz, nach einigen Sekunden etwas länger. Grita hob den Hörer ab, ohne den Türauslöser zu berühren.

Eine fremde Männerstimme sagte: »Escher?«

Grita rührte sich nicht. Wieder schnarrte die Glocke.

»Öffnen Sie doch!«

Vielleicht hatte sie den Auslöser doch angetippt? Schritte kamen die Treppe herauf, hastig humpelnde. Einmal schien auch ein Stock gegen die Stufen zu klacken.

Grita blickte durch den Spion.

Im Flur war Licht. Nur ein Schatten. Dann ein Gesicht, groß, dick, aber merkwürdig bleich, sofern das durch das winzige Glas festzustellen war.

Gritas Herz klopfte heftig.

»Herr Escher«, sagte der draußen, »machen Sie doch auf! Sie sind doch da, Herr Escher. Ich sehe Ihr Auge.«

Grita zuckte zurück. Sie kämpfte mit sich. Sie hatte sich geschworen, nie einem Unbekannten zu öffnen. Ihr Mann hatte sie darauf geradezu vereidigt. »Nie! Hörst du, nie!« – Das galt für Amerika. Hier – hier war es vielleicht nicht so gefährlich?

»Wer sind Sie denn?« fragte Grita jetzt.

Der Mann draußen gab keine Antwort. Er war offenbar überrascht, daß nicht Escher, daß jemand anderer hinter der Tür stand. Er wich ein paar Schritte zurück. Dann aber mochte ihn der Umstand, daß er es mit einer Frau zu tun hatte, zum Bleiben veranlassen.

»Ich bin Lohmann«, sagte er, jetzt in verändertem werbenden Tonfall. »Und wer sind Sie?«

Grita schwieg.

»Lohmann. Felix Lohmann. Herr Escher kennt mich gut. Mir gehört der Hund.«

»Der Hund?«

»Ja, ist er nicht mehr da?«

»Nein«, sagte die Frau. »Ihr Hund ist nicht mehr da.«

Der Mann stieß etwas wie ein Stöhnen aus. Er war offenbar gekommen, das Tier zu holen. Plötzlich fühlte sich Grita stark genug, dem Fremden gegenüberzutreten. Sie öffnete.

Lohmann stand, auf seinen Knotenstock gestützt, vornübergebeugt, mit weit aufgerissenen Augen. »Wo ist er dann?«

Grita tastete an sich herab. Sie hatte ihren Schlafmantel an, in der Tasche steckte noch die Post vom Vortag, darunter die Rechnung der Tierkörperverwertungsanstalt. »Ich glaube, er ist tot.«

»Tot?« schrie der Mann.

Grita antwortete – wie um sich zu entschuldigen und den Mann zu trösten: »Ein Jäger muß ihn erschossen haben.«

»Ein Jäger!« wiederholte er. Sein Gesicht zuckte, doch das Zucken ging sofort in ein verzweifelt grimassierendes Lachen über. »Ein Jäger. Haha, ein Jäger. Und ich . . .«

Er kehrte um und begann hastig, mit klopfendem Stock, die Treppe hinunterzustapfen. In diesem Augenblick schrillte die Hausklingel noch einmal. Sie schrillte lange, wütend, fordernd. Das ganze Treppenhaus hallte davon.

Der Mann kam zurückgerannt. Jetzt war sein Gesicht ganz verzerrt. Er wankte auf Grita zu und machte Miene, sie beiseite zu stoßen, in ihre Wohnung zu rennen, sich hineinzuflüchten. Doch dann, als hätte er erkannt, daß ihm das nichts mehr nützte, fuchtelte er mit seinem Stock gegen die Treppe und schleuderte ihn die Stufen hinunter. Dabei schrie er.

Was er schrie, konnte Grita nicht verstehen. Nun gingen die Türen der Nachbarn auf, derer zur Rechten, derer zur Linken. Auch in den unteren Stockwerken wurde es lebendig. Jemand rief herauf. »Die Polizei!«

Als Grita das Flurfenster aufriß, sah sie unten das Blaulicht blinken.

Am übernächsten Tag war in allen Zeitungen zu lesen: »Der längst gesuchte Scheck- und Kreditbetrüger Wilhelm Franke und seine Frau Carola Franke, die lange unter falschen Namen untergetaucht waren, wurden endlich gefaßt. Ihnen wurde zum Verhängnis, daß Franke seine Dogge, einen kostbaren Rassehund, von dessen Pflegeplatz abholen wollte. Die beiden sollen vor allem schwedische, dänische und norddeutsche Firmen um Millionenbeträge geschädigt haben.«

Als Grita Winston ihren Vater das nächstemal besuchte, fand sie ihn vom Monitor abgehängt, aus der Intensivstation entlassen, in einem freundlichen Krankenzimmer, in besserer Verfassung.

Er streckte ihr die Hand entgegen: »Ich weiß es schon«, sagte er mit noch leiser, aber sicherer Stimme. »Lohmann ist zurückgekommen, ein harmloser, harmloser Mensch. Jetzt werde ich wieder gesund.«

DURCHQUERUNGEN

Die arme Miß Brewster

Was fang ich nur mit den vielen Geschichten an, die mir keine Ruhe geben? Sie wollen erzählt sein. Ein lästiges Gesindel. Will ich schlafen, sitzen sie auf dem Bettfuß wie Hühner auf der Stange, machen die Hälse lang und äugen mich an. Geh' ich spazieren, laufen sie neben mir her; sogar in der Eisenbahn reisen sie mit. Wenn ich lesen will, nehmen sie auf den Buchseiten Platz, plustern sich auf und stören. Sie dulden nicht, daß ich mich mit anderer Leute Geschichten beschäftige; *sie* wollen verfolgt, *sie* wollen erzählt sein.

Unter ihnen ist eine besonders lästig, eine Geschichte von dazumal, an die sich wohl niemand mehr erinnert als ich, die Geschichte von der armen Miß Brewster.

Wer meinen Lebensbericht gelesen hat, ist darin einem Fräulein Grimme begegnet. Ihr ist ein ganzes Kapitel gewidmet. Damit habe ich meine Ruhe vor ihr. Aber ihrer Geschichte klebt eine andere an, eine wahre Schwan-kleb-an-Geschichte, eben die von der armen Miß Brewster. Ich will es mit ihr versuchen. Aber wie?

Ich probier' es einmal im Märchenton:

Es waren zwei junge Mädchen, die hatten einander recht lieb.

Um die Wahrheit zu sagen: die eine hatte die andere lieber als die andere die eine. Aber sie waren Freundinnen und lebten als Zöglinge in einem Institut der Schwestern vom Sacré Cœur.

Die eine war die einzige Tochter eines reichen Amerikaners. Die andere – sie war von eher undurchsichtiger Herkunft. Sie galt als lediges Kind eines österreichischen Erzherzogs und sollte von ihrem hochgestellten Papa schon als Säugling einem reichen kinderlosen Ehepaar aus der böhmischen Kurstadt Marienbad zur Adoption überlassen worden sein.

Das kleine Mädchen, das übrigens seinem vermutlichen Vater wie aus dem Gesicht geschnitten war, wuchs verwöhnt wie eine Prinzessin auf. Obwohl sie einen bürgerlichen Namen trug, scheint sie vom kaiserlichen Erzhaus in Evidenz gehalten worden zu sein. Kaum erwachsen, wurde sie auf Hofbälle eingeladen, zu Hofjagden mitgenommen. Aristokratische Freier, so erzählte sie später, hatten ihr die Tür eingelaufen. Trotzdem heiratete sie nicht. Dann kam der Krieg, der Erste Weltkrieg, und die höfische und aristokratische Herrlichkeit hatte bald ein jähes Ende. Die Adoptiveltern hatten als gute Patrioten eine Menge Kriegsanleihe gezeichnet. Beide starben kurz hintereinander. Ein Vormund verwaltete den Rest des Vermögens, er war kein ehrlicher Mann und brachte alles durch. Nun stand das Mädchen allein und unbemittelt da. Aus dem adoptivelterlichen Vermögen waren ihr nur ein paar Kleinigkeiten geblieben, einige Bilder, einigen Nippes und ein gewaltig zottiges Eisbärfell.

Was sollte sie anfangen? Einen Beruf hatte sie nicht erlernt. So mußte sie sich einladen lassen, mal hierhin, mal dorthin, von alten und neuen Freunden, bis sich schließlich ein Ehepaar fand, das sie für unbefristet ins Haus nahm. Dort zog sie ein mit Bildern, Nippes und Eisbärfell, und lebte von nun im böhmischen Dorf Plaß.

Freilich – sie lag nicht auf der faulen Haut, sondern versuchte sich ihren Gastgebern nützlich zu machen, sie strickte, stickte und nähte für die Hausfrau; für den Hausherrn, der das Süße liebte, buk sie Strudel, Torten und Indianerkrapfen.

Nebenbei säte sie Zwietracht zwischen Eltern und Kindern. Doch das gehört nicht hierher.

Sie war, wie schon gesagt, unbemittelt, ja, eigentlich bettelarm, bis ihr eines Tages von einem Rechtsanwalt mitgeteilt wurde, aus dem Vermögen ihrer Eltern habe sich doch noch ein Rest retten und fruktifizieren lassen und sie werde bis auf weiteres eine Rente, so und so hoch, erhalten.

Fräulein Grimme war erfreut. Wer wäre an ihrer Stelle nicht erfreut gewesen? Daß sie den näheren Umständen des unerwarteten Glücksfalls nicht nachging, wer wollte ihr das verdenken? Sie verließ nun das gastliche Haus und mietete sich in der Nähe ein. Sie machte sich ihren Freunden weiterhin nützlich, gab auch Kindern aus dem Dorf, nun unentgeltlich, Unterricht in Stricken, Französisch und Klavierspiel und ließ sich bei

Gelegenheit in das benachbarte Schloß zum Tee oder zu Hauskonzerten einladen.

So stand es um Fräulein Grimme, als der Zweite Weltkrieg ausbrach und, ganz unerwartet für Fräulein Grimme, Miß Brewster an ihre Tür klopfte.

Wie soll ich Miß Brewster beschreiben? Sie hatte – auf den ersten Blick – etwas Madonnenhaftes an sich, von einer Madonna allerdings, der es nie zuzutrauen gewesen wäre, daß sie ein Kind getragen und geboren hätte; eine Menschenpflanze, die noch von keinem Hauch frischer Luft, geschweige denn von einem rauhen Windstoß berührt, und deren verschlungenes Geäst von keiner steifen Brise je durchgepustet worden war. Sie war bleich, wachsgelb und grau von Haut und Haar. Dabei war ihr Gesicht von großer Schönheit, doch diese Schönheit schien nur aus einer geradezu unnatürlichen Regelmäßigkeit ihrer Züge zu bestehen.

Miß Brewster hatte nie irgendeine Tätigkeit ausgeübt und hatte, so wenig wie Fräulein Grimme, einen Gatten gehabt. Ihre Mutter war uralt geworden und hatte diese ihre einzige Tochter nie von ihrer Seite gelassen. Die beiden reisten durch alle Welt, hielten sich aber meist nur in ihren Hotels auf ihren Zimmern auf, bestenfalls in den Hotelhallen, Hotelsalons und -speisesälen. Die Länder und Städte, die sie besuchten, kannten sie lediglich von den Postkarten, die sie dort kauften, ganze Unmengen kauften sie, von jeder Reise brachten sie Stöße mit. So wurden diese

Postkarten zu ihren Lebenszeugnissen, sie trennten sich nie von ihnen, und auch jetzt kam Miß Brewster mit ihnen angefahren.

Aber warum kam sie denn überhaupt?

Menschenherz, o Menschenherz.

Miß Brewster hatte nie geliebt, nur einmal, ein einziges Mal war sie selig gewesen und hatte gehofft, wiedergeliebt zu werden, damals im Institut der Schwestern vom Sacré Cœur, in dem vornehmen Institut, in der Lehr- und Erziehungsanstalt für Höhere Töchter; damals, zwischen Maiandacht und Petit-point-Stickerei, zwischen Anstandsstunde und Französischer Konversation, damals, als die Tochter des Erzherzogs, das Nesthäkchen aus der Grimmeschen Nobelvilla, ihre Zimmer- und Tischgenossin war; als ihre beiden Handarbeitskörbchen nebeneinander standen, ihre Schuhputzbeutelchen nebeneinander lagen, als ihre zierlichen, mit Rosen bemalten Waschkrüglein einander mit den Schnäbeln – beinah! berührten. Ein ganzes Jahr dauerte diese Nähe. Sie gingen,wenn sie spazierengeführt wurden, in der Reihe hübsch nebeneinander, und manchmal, wenn es regnete, gingen sie eingehängt unter *einem* Regenschirm. Wenn sie Ball spielten, so spielte Miß Brewster, damals Caty, ihren Ball nur Fräulein Grimme, damals Dely, zu und war glücklich, wenn er ihr zurückgespielt wurde. Caty kämmte ihr Haar mit Delys Kamm und war entzückt, wenn sich Delys ausgekämmtes Rothaar mit Catys blondem Flaum vermischte. Dann und wann wagte Caty, hinter Delys Rücken, in deren

Pantöffelchen zu schlüpfen, und Wonne durchrieselte sie vom Scheitel bis zur Sohle. Ein einziges Mal war Dely, durch die Indiskretion einer Mitschülerin über ihre illegale Geburt aufgeklärt und dementsprechend erschüttert, todunglücklich und wütend, also in einem Zustand äußerster Anlehnungs- und Mitteilungsbedürftigkeit in Catys Bett geschlüpft und hatte sich mit zitternden Gliedern an sie geschmiegt. Caty erschauerte. Sie war ganz starr vor Wonne, brachte kein Wort hervor, brachte nicht einmal die Hand hoch, um Delys tränennasse Wangen oder ihren Nacken, ihre Schultern oder wer weiß was noch zu streicheln. Sie fühlte nur den spitzen Ellenbogen der Freundin in ihren Bauch gebohrt und dachte: Das ist der Himmel!

Wenige Wochen später wurden die Freundinnen getrennt. Das Schuljahr war zu Ende, Catys Vater entführte die Tochter nach Amerika. Die beiden schrieben einander, aber sahen sich nicht wieder, bis – einige Wochen nach Kriegsbeginn 1939 – Miß Brewster in das von den Deutschen besetzte Böhmen einreiste und vor Delys Tür stand, wachsgelb und bleichblondgrauen Haars, mit einem Gesicht, das auf den ersten Blick etwas Madonnenhaftes hatte und dessen Schönheit doch nur in einer geradezu unnatürlichen Regelmäßigkeit bestand.

Dely, jetzt Fräulein Grimme, war starr (freilich nicht vor Wonne). »Bist du verrückt geworden«, rief sie, »daß du jetzt angefahren kommst, wo dieser Hitler Krieg macht, du – aus Amerika! Wer weiß, ob du jemals wieder hinauskommst aus diesem Land? Du sitzt in der Falle – und hast dich selbst hineingesetzt!«

Miß Brewster wankte über die Schwelle. Sie schluchzte. »Jaja, ich weiß, Dely, mein Herzensschatz: der Krieg! Gerade deshalb bin ich ja gekommen. Noch konnte ich kommen. Später . . . Wer kann denn sagen, was später geschieht? Dann hätten wir einander vielleicht nie mehr wiedergesehen.«

Und dann, zu Delys Füßen niedergesunken, auf dem Eisbärfell: »Gott! Hätte ich gedacht, daß ich diesen Tag noch erlebe!«

Fräulein Grimme trat einen Schritt zurück. In ihr regte sich sofort der weltgeschichtlich notorisch gewordene Wirklichkeitssinn ihrer erzhäusigen Abstammung; sie witterte sogleich in Miß Brewsters Ankunft eine einzige große, ja, ungeheure Verlegenheit.

Fürs erste wußte sie nicht, wohin mit dem Gast. Allein Miß Brewsters Gepäck, ein Halbdutzend Riesenkoffer aus schwarzem Krokodil, war in Fräulein Grimmes kleiner Wohnung eine Invasion und Heimsuchung. Eine Weile versuchte sie sich mit Geduld zu wappnen. Eine Weile war sie sogar ein wenig gerührt durch ihrer alten Caty Anhänglichkeit, vor allem, wenn sie beide in Erinnerungen kramten: Weißtdunoch? Weißtdunoch? – Das gab noch etliche gute Stunden ab. Sie saßen beisammen und hechelten durch, was die Vergangenheit hergab: die und die, das und das, das Institut, die Schwestern, die Lehrer, die Mitzöglinge von A bis Z; die kleinen Streiche, die sie gespielt hatten, das kaputte Harmonium in der Kapelle, den staubtrockenen Kuchen zum Sonntag-Nachmittags-Tee. Weißtdunoch, weißtdunoch? – Das kann für eine Weile Tote auferwecken; längst Abgeblühtes blüht auf, kann für eine Weile Freundschaft vorlügen, wo Freundschaft längst aus ist, aus und amen; aus und amen für Fräulein Grimme, nie aus und amen für Caty Brewster.

Trotz gelegentlicher Rührung gab sich Fräulein Grimme keiner Täuschung hin: Auf die Dauer konnte diese Zweisamkeit nicht taugen. Fräulein Grimme hielt auf Ordnung und Pünktlichkeit. Miß Brewster wußte nichts davon. Und als sie sich einmal hinreißen ließ zu gestehen, daß die Rente, die Fräulein Grimme nun schon seit Jahren empfing, diese vom Himmel gefallene Rente, die die Empfängerin auf eigene Beine gestellt und sie aus der demütigenden Abhängigkeit von ihren Gastfreunden befreit hatte, daß also diese Rente keineswegs aus dem Grimmeschen Vermögen stammte, sondern ganz allein Miß Brewsters Einfall und Arrangement gewesen war, da stieg in Dely Grimme statt schuldiger Dankbarkeit etwas ganz anderes hoch: ein stiller Groll und die nagende Angst, ihre Freiheit noch einmal – und jetzt an Caty – zu verlieren.

Als erstes beschloß Fräulein Grimme, Miß Brewster aus ihrer Wohnung zu entfernen, zuerst in ein anderes Haus des Dorfes Plaß, dann noch ein Ende weiter. Zuletzt überredete sie sie, in die nächste Kreisstadt, nach Pilsen, in ein Hotel zu ziehen. Miß Brewster wehrte sich, so gut sie konnte und soweit ihre Natur Widerstand hergab. Aber Fräulein Grimme war unbeugsam und so, wie einst ihre illegalen Ahnen immer wieder Vorwände, Gründe und Kniffe gefunden hatten, sich unliebsam gewordener Diener und lästiger Freunde zu entledigen, so fand auch sie einen wahren Strudel von Argumenten, um Miß Brewster von sich abzuwehren. Doch als sich diese in aufsteigender Verzweiflung wie mit Saugnäpfen an sie klammern wollte, holte sie zum Schlag aus. »Ich halte dich nicht aus«, schrie sie, »ich kann dich nicht ertragen. Du riechst so schlecht.«

Da färbten sich Miß Brewsters wachsbleiche Wangen zum ersten und einzigen Mal dunkelrot. Ihr Madonnengesicht sank gegen die Brust. Als sie es wieder aufhob, flüsterte sie nur: »Verzeih!« Sie verschluckte den Schimpf, zog ab – und liebte weiter.

Inzwischen hatte sich einiges ereignet:

Hitlers Krieg hatte sich, nachdem Polen unterworfen war, nach Dänemark und Norwegen weitergefressen. Dann wurde Frankreich erobert. Nun war Rußland dran. Eine böse Sache. Die Deutschen begannen zu begreifen, was auf sie zukam. Die Tschechen begannen zu hoffen. Sie witterten Wetterwende, künftige Befreiung.

Im Winter des Jahres 1941/42 lernte ich Miß Brewster kennen. Ich war wieder einmal in Pilsen zu Besuch und wohnte da – wie immer – in meinem Geburtshaus bei meinen beiden Tanten, zwei Lehrerinnen im Ruhestand. Die eine, Anna oder Antschi, eine gesellige Person, die eine stille Vorliebe für alles Exzentrische hegte, hatte mich mit ihr bekannt gemacht. Miß Brewster kam zu uns zum Tee, oder wir besuchten sie in ihrem Hotel, Hotel Waldeck, dem ersten am Platz. Dort saßen wir mit ihr im Waldeckschen Kaffeehaus an einem der kleinen Marmortische, an denen ich schon als junges Mädchen mit verschiedenen Kavalieren und Freundinnen gesessen war, mit dem Unterschied allerdings, daß es auch hier jetzt keinen Bohnenkaffee mit zuckriger Schlagobershaube und keine Sachertorte mehr gab, sondern nur noch eine kriegsmäßig dünne Brühe und zähes Backwerk – auf Marken.

Meine Tante hatte mir Miß Brewsters Weltbereistheit und interessante Unterhaltung angepriesen. Und richtig: zu jeder unserer Zusammenkünfte brachte die Amerikanerin ein Bündel Postkarten mit: »Das ist Bombay. Das ist Singapur. Das ist Frisko.« Doch wenn ich Näheres wissen wollte über Land und Leute, Kunst und Sitten, konnte sie mir keine Auskunft geben. Schon beim zweitenmal fand ich sie unerträglich langweilig, und ich verstand Fräulein Grimmes Ärger und Überdruß.

Miß Brewster war noch immer schön, das mußte ich zugeben, doch – wie mir vorkam – auf eine irgendwie fade und schale Weise, und manchmal dachte ich neben ihr an die blassen Triebe von Knollengewächsen, wenn diese lange genug in Kellern gelagert wurden. Ich mochte mir nicht genau vorstellen, was Miß Brewster in ihrem Hotelzimmer anstellte, wenn sie dort stundenlang alleine saß, untätig und auch gar nicht willens, irgend etwas zu tun. Sie klagte über die Plage, die ihr eine einzige aufgegangene Naht im Seidenfutter ihres Pelzmantels verursachte; tagelang sei sie damit beschäftigt, stichle und stichle und könne damit doch nicht fertig werden.

Miß Brewster bewohnte ein Hofzimmer im Hotel Waldeck. Dort schien nie ein Strahl Sonne herein; so wurde die Blasse immer noch blässer, und ihre breiten Lider wurden durchscheinend wie Papier. Überdies magerte sie ab – nicht ohne besonderen Grund.

Im Krieg war die Sommerzeit eingeführt worden, und wie alles, was damals verordnet wurde, hatte auch diese Maßnahme den Charakter des Überschärften und Extremen, denn nicht nur um *eine,* sondern um *zwei* ganze Stunden war die Uhr vorgestellt worden und sollte die Bevölkerung dazu anhalten, ja schon bei Morgengrauen auf die Beine zu kommen und um so länger für den *Endsieg* zu rackern.

Daneben gab es die Verordnung, daß jede Art von Gaststätte nur zwischen zwölf und zwei Uhr Mahlzeiten ausgeben dürfe, dem Sonnenstand nach also zwischen zehn und zwölf. Jedermann hätte sich mit dieser Regelung abgefunden, so unbequem sie sein mochte. Nur Miß Brewster beugte sich nicht. Für sie, eine freie Amerikanerin, erklärte sie stolz, gelte nichts, was dieser Hitler befehle. Sie sei es gewohnt, ihren Lunch um zwei zu nehmen – das war in jener Zeit der Uhr nach vier –, und dabei werde sie bleiben.

Das Ergebnis war danach. Wenn Miß Brewster endlich aus ihrem Zimmer hervorkam und sich in das Restaurant ihres Hotels verfügte, fand sie den Saal, wenn nicht gesperrt, so gähnend leer, von den Kellnern verlassen, die Lichter abgeschaltet, das letzte Papiertischtuch weggeräumt. Ihrem Protest begegnete man nur mit Achselzucken und hämischem Grinsen. Kein Wunder, wenn dann Miß Brewster, von Hunger ausgehöhlt, in die Straße einbog, wo meine Verwandten wohnten, und an der Tür schellte, in der Hoffnung, die freundliche Antschi werde ihr öffnen und sie zu einer Schale Tee und einem Butterbrot einladen. Doch leider hatte sie es nicht jedesmal nur mit Antschi zu tun.

Seit jeher lebte diese mit einer Schwester zusammen, einer Halbschwester, einer etwas sonderlinghaften Frau, die Miß Brewster auf den Tod nicht leiden konnte. Sie konnte fast niemanden leiden, der zu Antschi auf Besuch kam, und schon gar nicht, wer sich jetzt in hungriger Kriegszeit etwas Eßbares vorsetzen ließ. »Sie soll doch nach ihrem Amerika gehen«, pflegte sie zu sagen, »dort gehört sie ja hin.«

Mit einer möglichen Rückkehr nach Amerika war es aber inzwischen vorbei. Deutschland hatte, nachdem es schon mit der halben Welt im Krieg war, auch noch die Vereinigten Staaten herausgefordert, und die Falle, die Fräulein Grimme bei Miß Brewsters Ankunft geweissagt hatte, war hinter dieser wirklich zugeschnappt.

Als Angehörige eines feindlichen Staates hätte

Miß Brewster sogar in ein Internierungslager kommen können. Doch sie hatte noch einmal ein wenig Glück. Die Behörde hielt sie für harmlos, man ließ sie auf freiem Fuß. Ihre überseeischen Konten wurden zwar beschlagnahmt, doch floß ihr vermutlich aus einer Schweizer Quelle weiter ein Unterhalt zu. Auch Fräulein Grimmes Rente versiegte nicht; Devisen waren kostbar und darum willkommen.

Der Krieg ging weiter. Im Jahre 1944 verfinsterte sich Miß Brewsters triste Existenz noch mehr. Eines Tages wurde sie aus dem Hotel Waldeck hinausgekündigt. Wieder war eine Verordnung von oben erfolgt: Niemand dürfe länger als acht Tage in ein und demselben Gastbetrieb logieren. So zog Miß Brewster in ein anderes Hotel, das zweite am Platze. Auch hier konnte sie nur eine Woche bleiben. Miß Brewster versuchte ins Waldeck zurückzukehren. Vergeblich. Man wies sie ab. So suchte sie sich ein drittes Quartier, nach dem dritten ein viertes, ein fünftes.

Man kann sich vorstellen, wohin die Odyssee sie führte.

Nachdem sie auch aus der letzten Kaschemme hinausgekündigt worden war, sprach sie bei Antschi um Unterkunft vor.

Antschi rang die Hände. »Ich kann Sie nicht behalten, Miß Brewster, ich kann nicht. Meine Schwester ist dagegen. Ich schwöre Ihnen: Sie setzt Sie vor die Tür.«

Miß Brewster flehte: »Ihr Dienstbotenbett! Ich hab' es gesehen: In Ihrer Küche steht ein Dienstbotenbett. Sie haben doch kein Mädchen mehr. Ich könnte dort liegen und schlafen.«

»Aber Miß Brewster!«

»Tagsüber werde ich spazierengehen. Ich kann auch in einer Kirche sitzen – oder im Kino. Nur schlafen, schlafen lassen Sie mich hier!«

Antschi war ratlos.

Als die feindselig gesinnte Schwester einmal ins Krankenhaus mußte, nahm sie Miß Brewster in der Wohnung auf. Aber als jene zurückkehrte, mußte die Ärmste wieder ziehen.

Weit draußen in der Vorstadt, U Karličku, hatte sie noch einen Unterschlupf gefunden.

Nun trat Miß Brewster mit einer neuen Bitte an Antschi heran. Sie hatte in ihrem Gepäck eine stählerne Kassette mit sich geführt. Die mochte sie nun nicht mehr bei sich haben. Sie übergab sie meiner Tante zu treuen Händen. »Bei Ihnen weiß ich sie sicher, so sicher wie nirgends sonst. Aber Sie versprechen mir: Sollte ich sterben: alles, was die Kassette enthält, ist für Dely bestimmt.«

»Schon gut, schon recht, alles für Dely!« versprach meine Tante. »Aber warum, in aller Welt, sollte Ihnen etwas zustoßen?«

Ehe Miß Brewster diesmal das Haus verließ, ergriff sie beschwörend Antschis Hand: »Ich werde jetzt die Kassette öffnen. Einmal müssen Sie sehen, was drinnen ist.« Meine Tante wehrte ab. Aber Miß Brewster hatte schon den Schlüssel ins Schloß gesteckt. Der Deckel sprang auf.

»Ich war wie geblendet!« sagte mir meine Tante später, »wie geblendet. Eine solche Pracht hab' ich noch nie gesehen: Diamanten, nichts als Diamanten.«

Miß Brewster ging. Mit Schaudern versenkte meine Tante den Schatz in ihren bestverwahrten Schrank.

Wochen vergingen. Von Miß Brewster kein Lebenszeichen. Meine Tante war beunruhigt. Sie machte sich auf, U Karličku in der Vorstadt zu suchen. Mühselig fragte sie sich durch. Man führte sie zu einer baufälligen Baracke.

Als sie nach Miß Brewster fragte, gab man vor, nichts von ihr zu wissen. Schließlich gestand man ein: sie war nicht mehr da.

Sie war schon vor drei Wochen begraben worden. Sie hatte sich umgebracht, mit Gift.

Wie vor den Kopf geschlagen wankte Antschi nach Hause. Ihr blieb nur übrig, Fräulein Grimme zu verständigen. Fräulein Grimme kam mit dem nächsten Zug.

Sie war betreten.

Betreten nahm sie die Kassette in Empfang.

Betreten zog sie mit ihr ab.

Der Schatz blieb nicht lange in ihrem Besitz.

Fünf Monate später kapitulierte die deutsche Wehrmacht. Miß Brewsters Landsleute, die Amerikaner, zogen siegreich in Pilsen ein.

Die Tschechen holten die Deutschen aus ihren Häusern, sperrten sie in Lager, steckten sie in Gefängnisse oder schoben sie gleich über die Grenze ab.

Alles, was den Deutschen gehörte und was man in ihren Wohnungen fand, verfiel dem Staat, das heißt, es fiel zuerst einmal in die Hände derer, die die Austreibung exekutierten.

Auch Fräulein Grimme wurde geholt, in ein Lager gesperrt, dann über die Grenze geschoben.

Sie hatte nichts für sich behalten dürfen, nicht das von ihren Eltern ererbte Eisbärfell, nicht die gleichfalls ererbten Bilder und den Nippes, nicht einmal eine Zahnbürste, geschweige denn Miß Brewsters Diamanten.

Kaum nach Deutschland gekommen, starb sie an Entkräftung und Elend.

Auch die Tante, die sich so heftig dagegen verwahrt hatte, Miß Brewster Unterkunft zu gewähren, ging noch im Sommer 1945 zugrunde, nachdem sie mit Tausenden anderen in einer Sportarena gehungert und wochenlang ohne Obdach im Freien kampiert hatte.

Nur die Wohltäterin Antschi entkam.

Sie lebte noch lange und starb, geliebt und geachtet, mit hundert Jahren.

Zufälle

Wer so alt geworden ist wie ich, muß etliche Male in seinem Leben Glück gehabt haben. Ich meine GLÜCK nicht in dem Sinn, in dem es heißt: Jeder sei seines Glückes Schmied; oder: Wer dem Glück ein Hölzchen hinhält, dem baut es eine Brücke daraus.

Da ist ja Glück schon etwas Verdientes, Errungenes, vielleicht sogar Erzwungenes.

Nein. Ich meine GLÜCK als Zufall, als ein Geschenk von oben, auf das man nie spekuliert hat, als Treffer in einer Lotterie, in der man nie gespielt hat.

Dazu ein paar kleine Geschichten aus meinem Leben:

Ich war eine junge Frau und lebte damals in München. Ein Jahr zuvor war mein erstes Buch erschienen. Da erhielt ich eine Einladung ins Rheinland. Eine Gruppe junger Buchhändler fragte bei mir an, ob ich bei ihnen einen Vortrag halten oder aus meinem Roman lesen möchte. Ich wollte das gerne tun, aber ich hatte derlei noch nie gewagt, ich kannte die Leute nicht und wußte nicht, was sie von mir erwarteten. So war mir etwas bänglich zumute, als ich die Reise antrat, und mein einziger Trost war, daß ich auf dieser Fahrt meinen Bruder besuchen konnte. Er war soeben in Heidelberg eingerückt, ich hatte ihn schon lange nicht mehr gesehen und freute mich auf diese Begegnung. Doch als ich ihn in Heidelberg suchte, fand ich ihn nicht. Er war weder in seiner Kaserne noch in seinem Privatquartier, und niemand konnte mir sagen, wann er zurückerwartet würde. Ich war enttäuscht. Betrübt, trotzdem pflichtgetreu kulturbeflissen machte ich mich allein auf den Weg, Alt-Heidelberg und vor allem das Schloß zu besichtigen. Es war ein freundlicher Sommernachmittag: Ich stand bewundernd vor der großen Ruine mit ihren leeren, an längst vergangene Zerstörung erinnernden, sonst aber sauber gepflegten Fensterhöhlen und stattete sogar dem Großen Faß meinen Besuch ab, das, offenkundig ebenfalls als nationales Monument, die ungeheure Trink- und damit Lebensfestigkeit unserer Altvordern bezeugen sollte.

Auf einem einsamen Parkweg begegnete ich Werner Krauss, dem damals hochangesehenen Mimen, der, wie auf Plakaten zu lesen war, am selben Abend im Schloßhof die Titelrolle des »Faust« spielen sollte: Leise vor sich hin rezitierend, die visionär geweiteten Augen zum Himmel erhoben, schritt er, schon ganz ins Klassische entrückt, an mir vorüber.

Doch weder diese Begegnung noch der Anblick des Schlosses, geschweige denn der des Fasses konnten mich darüber hinwegtrösten, daß ich meinen Bruder nicht gefunden hatte. Ich bereitete mich schon innerlich darauf vor, den kommenden Abend trübselig und verlassen in meinem Hotelzimmerchen zu verhocken, da – es dämmerte bereits – kam mir auf der langen breiten Hauptstraße, die die Altstadt durchschneidet, ein grasgrüner Anzug entgegen. Der Anzug war so grasgrün, daß er mein Auge fesselte; ich wollte doch sehen, was für ein Mensch das war, der einen so grasgrünen Anzug trug; und als er nahe genug gekommen war, war es mein Bruder.

Schon wenige Wochen danach hatte ich ein anderes Erlebnis.

Ich wollte mit meiner Schwester zusammen die Stadt Nürnberg besuchen. Wir hatten uns verabredet: Sie kam mit dem Zug aus Tirol, ich sollte in München zusteigen. Ich weiß nicht, was daran schuld war, ich verspätete mich, und als ich mit meinem Koffer auf den Bahnsteig stürmte, sah ich eben noch die roten Schlußlichter des Zuges zur Halle hinausfunkeln.

Ich war bestürzt. Erst blickte ich mich um: War meine Schwester vielleicht ausgestiegen, um mich, die Verspätete, zu erwarten? Nein, das war sie nicht, und ich glaubte auch sogleich zu wissen, warum: sie war verletzt, weil ich mein Versprechen, pünktlich dazusein, nicht eingehalten hatte, und wohl auch zu stolz, um aus dem Zug auszusteigen, nachdem ich sie versetzt hatte. So war sie allein weitergefahren, um in Nürnberg zu Burg und Dürerhaus, Sankt Sebaldus, Sankt Lorenzen und zu all den anderen Sehenswürdigkeiten zu pilgern, immer, wie ich mir vorstellte, voll bitterer Gefühle gegen mich, die jüngere wortbrüchig gewordene Schwester.

Was blieb mir übrig, als ihr nachzufahren und sie, so unsinnig das sein mochte, in der großen Stadt zu suchen?

Voll Ungeduld wartete ich den nächsten Zug ab, und voll Ungeduld und Unruhe verbrachte ich die Fahrt, die mir genug Zeit ließ, um über unser beider Beziehung nachzudenken; diese Beziehung war schwierig und, ohne daß ich das je gewollt hätte, zu ihren Ungunsten.

Sie war meine Halbschwester. Mit vier hatte sie ihre Mutter verloren. Zwei Jahre lang blieb der Vater Witwer. In diesen zwei Jahren wurde das Kind bald dahin, bald dorthin geschoben, zu Großmüttern, Tanten, Bekannten. Nun sollte wieder eine feste Familie gegründet werden. Der Witwer heiratete, seine Wahl war gut, vielleicht sogar zu gut – und ein neuer Schock für das kleine Mädchen, das nicht wußte, wie sie mit der abermaligen Veränderung zurechtkommen konnte.

Mit der neuen Mutter trat eine Menge anderer Personen in ihren Umkreis: die neuen Großeltern und deren Anhang, eine weitläufige und zahlreiche Verwandtschaft, ein ganzes Geschwader sehr lebhafter, sehr redseliger und von sich selbst überzeugter Leute. Wohlmeinend stürzten sie sich sofort auf das eben angeheiratete Stiefenkelchen, Stiefnichtchen, um es mit Freundlichkeiten zu überschütten. Dafür erwarteten sie allerdings auch Dankbarkeit, Gehorsam und tadelloses Benehmen.

Das kleine Mädchen konnte das nicht leisten. Es trotzte und bockte und ließ sich weder durch Puppen noch hübsche Kleidchen, noch durch Besuche beim Konditor gewinnen. Fast immer in eine Wolke von Mißmut getaucht, war sie eifersüchtig auf den Vater, wortkarg, unzugänglich.

Es wurde nicht besser, als ich geboren wurde. Meine Mutter bemühte sich, die kleine Spröde an sich heranzuziehen. Es gelang nur für Augenblikke. So wuchsen wir nebeneinander auf, ich der verwöhnte Liebling der Großeltern und Verwandten, dem es nicht schwerfiel, die Erwartungen der Erwachsenen zu erfüllen. Die Eltern versuchten Gerechtigkeit walten zu lassen, doch die Schere öffnete sich immer weiter. Irmgard war anfällig für Krankheiten, ich war robuster. Als nach dem Ersten Weltkrieg unsere Familie in Armut geriet, wirkte sich das auf Irmgards Schulbesuch aus; sie erhielt nur eine bescheidene Ausbildung; ich – Jahre später dran – durfte Gymnasium und Universität besuchen. Ich heiratete und bekam Kinder – damals erwartete ich das erste –; sie blieb allein, und es sah nicht aus, als sollte das anders werden. Sie war die Schattenpflanze, ich stand im Licht, ihr im Weg.

Hatte ich das auch nie gewollt, auf jener Fahrt fühlte ich es doch wieder einmal schmerzlich, und es erfüllte mich mit Schuldgefühlen.

So geriet ich in eine Art Panik, als ich endlich mein Ziel erreichte: Nürnberg Hauptbahnhof. Ich wollte meine Schwester finden, koste es, was es wolle. Ich nahm mir vor, in allen Herbergen nach ihr zu fragen, gassauf, gassab, auch wenn ich wußte, daß Nürnberg eine Stadt war, in der sich Gasthäuser aneinanderreihten, eine Fremdenverkehrsstadt mit einem überreichen Angebot an Unterkünften. Dennoch, ich wollte fragen und suchen und mir keine Ruhe gönnen, und sollte es darüber Mitternacht werden. So packte ich meinen Koffer und machte mich auf den Weg.

Gleich dem Bahnhof gegenüber, hinter dem runden Turm, der den Eingang zur Altstadt bezeichnet, präsentierte sich ein elegantes Haus mit rotem Teppich und blitzender Drehtür. Ich zögerte. Sollte ich? Aber nein. Wie ich meine sparsame Schwester kannte, würde sie sich hier niemals einquartiert haben. Ich ging weiter. Eine Seitengasse bog zur Linken ab, und da ich mir vorgenommen hatte, flächendeckend nachzufragen, schwenkte ich in sie ein.

Bereits am zweiten Haustor steckte eine Tafel: Pension B. – III. Stock, Zimmer frei.

Schon begann ich, die Treppe hinaufzusteigen. Jetzt erst spürte ich, wie schwer mein Koffer war. Doch ich stieg weiter – und schalt mich dabei: Was fällt dir ein . . . gerade hier . . . im dritten . . . so hoch . . . du machst dich fertig, ehe du recht zu suchen begonnen hast . . . das nenne ich Geschwisterliebe übertreiben.

Atemlos und schwitzend kam ich oben an. Ich klingelte. Eine Frau öffnete. Ich fragte: Ist bei Ihnen vielleicht . . .?

Sie lachte freundlich und wies hinter sich auf

eine noch offenstehende Tür: Gerade ist sie eingezogen.

Das war ein weiterer netter Zufall – er tat meinem Gewissen wohl. Er brachte uns zwei schöne Tage der Gemeinsamkeit ein, mit gemeinsamem Urlaubsspaß und Kunstgenuß. An der heiklen Grundkonstellation unserer Schwesternschaft konnte er freilich nichts ändern.

Der nächste Zufall aber, von dem ich hier erzählen will, hatte noch ein anderes Gesicht: Da ging es um Leben und Tod, um Leben und Tod des Menschen, der mir damals am nächsten stand, meines Mannes.

Wieder einmal war ich auf Lesereise, diesmal in norddeutschen Städten. Drei Abende hatte ich schon hinter mich gebracht, drei standen mir noch bevor, der nächste in Braunschweig.

Ich kam an, bezog mein Hotel und wollte, wie es meine Gewohnheit war, schon am Nachmittag den Saal besichtigen.

Die Lesung sollte in dem berühmten Gewandhaus stattfinden. Ich stand bereits davor und wartete mit anderen Passanten ab, daß die Ampel auf Grün sprang. Da hörte ich hinter mir eilig klappernde Schritte, fühlte einen Stoß in den Rücken und lag auch schon der Länge nach, bäuchlings, auf der Fahrbahn; neben mir ein etwa zwölfjähriger Junge, er war's, der mich angerannt und zu Fall gebracht hatte. Eine Sekunde starrten wir einander erschrocken an, dann sprang er auf, preschte los und war auch schon verschwunden.

Ich spürte sofort: mit meiner rechten Hand war etwas geschehen, das Gelenk schmerzte heftig und schwoll auch gleich an. Jemand hob mich auf und stellte mich auf die Füße und schimpfte hinter dem Jungen her. Mit zitternder Stimme fragte ich gleich nach dem nächsten Arzt; man wies mir den Weg. Dort saß ich, über meine Hand gekrümmt, lange im Wartezimmer, bis ich drankam; das Röntgenbild zeigte, daß ein Mittelhandknochen gebrochen war, ich bekam einen Gipsverband und eine Tablette und konnte gehen.

Unter großen Schmerzen las ich abends im Gewandhaus. Danach leistete ich sogar noch ein paar jämmerlich gekritzelte Autogramme. Die Nacht darauf war schlimm, und am Morgen zeigte es sich, daß ich mich kaum ankleiden und schon gar nicht frisieren konnte. Ich gab auf, ich wollte nach Hause. Die beiden letzten Lesungen telegraphierte ich ab. Ich tat es nicht gern, ich brauchte das Geld, die Honorare, die mir in Aussicht gestellt worden waren.

Eine Nacht verbrachte ich noch bei einer Freundin, dann fuhr ich heim, nach Österreich, nach Linz.

Wie immer, wenn ich mich angesagt hatte, holte mich mein Mann vom Bahnhof ab.

Nachdem ich ihm mein Mißgeschick ausführlich geschildert hatte, nahm auch er das Wort und erzählte:

»Vorgestern nachmittag habe ich etwas erlebt, was ich nicht so schnell vergessen werde. Ich war in meinem Atelier und habe dort die Steinfigur, die ich in Arbeit habe – du kennst sie –, ein Stück verrücken wollen. Da wurde mir schlecht, so schlecht, daß ich dachte, ich müßte sterben. Ich habe mich hingelegt und nach einer Weile etwas getrunken. Mit der Zeit ist mir besser geworden, am Abend konnte ich schon wieder über die Treppe gehen – und jetzt – du siehst es – geht es wieder ganz gut. Seltsam ist nur, daß ich sehr müde bin und daß ich mein Herz klopfen höre; und manchmal fiept es so ganz merkwürdig in meiner Brust.«

Ich sagte: »Geh! das gibt es doch nicht, das bildest du dir ein, wahrscheinlich hast du Ohrensausen, und da glaubst du dann diese Geräusche zu hören.«

Ich fragte nicht: Und du hast keinen Arzt aufgesucht? denn ich wußte: Mein Mann hatte es nicht mit Ärzten. Er hatte einmal eine böse Erfahrung gemacht. Seither mißtraute er ihnen. Wenn er krank war, erlaubte er mir nie, einen Doktor zu rufen. Er war der Meinung, er werde besser wieder von selber gesund.

Beim Hin- und Herreden kamen wir darauf, daß ihm zur selben Stunde so sterbensschlecht geworden war, in der mich der junge Lümmel auf das Pflaster geworfen hatte. Wir wunderten uns über diese Gleichzeitigkeit. Doch den Wink des Schicksals verstanden wir immer noch nicht.

Da bekam ich plötzlich, von einer Stunde auf die andere, hohes Fieber, vierzig Grad.

Ich bat meinen Mann, um einen Arzt zu telephonieren. »Aber«, rief ich ihm noch aus meinem

Bett nach, »nicht den und den« (nicht meinen Hausarzt also, den ich für gewöhnlich konsultierte); ich nannte den Namen eines anderen, warum, weiß ich nicht, er war, wie wir bald erfuhren, ein Herzspezialist.

Der kam dann und verschrieb mir etwas und wollte schon wieder gehen, da sagte ich: »Herr Doktor, bitte, sehen Sie doch mal meinen Mann an, er glaubt, sein eigenes Herz klopfen zu hören, und manchmal fiept es auch in seiner Brust.«

Mein Mann wehrte ab: »Nicht nötig . . .!« Aber der Arzt hatte sein Stethoskop schon angesetzt und sagte: »Um Gottes willen . . .« Der Muskel, der den Faden hält, an dessen Ende die Herzklappe auf und nieder geht, war angerissen.

Daran war wohl die Steinfigur schuld, die mein Mann zu rücken versucht hatte.

Nun mußte er sofort zu Bett, ganz still mußte er liegen, er durfte sich nicht aufsetzen, nicht einmal umdrehen, sogar einen Arm zu heben war ihm verboten, und das wochenlang, nur um dem Stückchen Gewebe, an dem sein Leben hing, Ruhe zu geben, daß es Zelle für Zelle zuheilen und vernarben und den Faden, den es lenkte, in *die* Stellung zurückbringen konnte, an der der Blutstrom ungehindert entlangglitt und nicht mehr fiepte.

Mein Fieber war im Augenblick wie weggeblasen. Ich pflegte meinen Mann; es war nicht leicht mit der gebrochenen Hand, aber es war zu überstehen. Später sagte mir der Arzt: »Ich hätte Ihren Mann in die Klinik bringen lassen können, aber ich wußte nicht, ob er den Transport überlebt hätte.«

Oft dachte ich in jenen Wochen an den kleinen Lümmel zurück, der mich in Braunschweig umgeworfen und damit zur rechtzeitigen Heimkehr gezwungen hatte. Gleich nach meinem Unfall, noch mitten in der Phase heftiger Schmerzen, hatte ich mich darüber gewundert, daß ich so wenig Ärger über den jungen Lümmel empfand. Später fiel mir ein, so wie er müßte eigentlich mein Mann im selben Alter ausgesehen haben, rotblond, stupsnäsig, sommersprossig, mit ganz hellen wasserblauen Augen.

Das war die Geschichte des Zufalls, bei dem es um Tod und Leben ging und der uns dann noch fast zwanzig Jahre guten gemeinsamen Lebens eingebracht hat.

Ihr Name war Trude Geißler, geborene Nußbächer, und sie kam aus Siebenbürgen. Meine Kinder nannten sie nur das PFERDCHEN, das alte Pferdchen, das graue Pferdchen, und sie wollte bei uns auch gar nicht anders genannt werden. Ihre Briefe an uns unterschrieb sie nicht, sondern zeichnete statt dessen einen Pferdekopf, einen hageren mit struppiger Mähne und großen, traurigen Augen.

Sie hatte auch jeden Grund, traurig zu sein; ihre beiden Söhne waren im Krieg geblieben, der eine auf der Krim beim Rückzug aus dem Kaukasus, der andere in Frankreich nach der Landung der Alliierten. Von ihm hatte es zuerst geheißen, er sei nur leicht verwundet in englische Gefangenschaft geraten, so wartete die Mutter auf ihn, jahrelang, vergeblich. Schließlich erfuhr sie, daß er – von englischen Sanitätern hinter die Front gebracht – von einer verirrten deutschen Granate getötet worden war.

Nun lebte sie allein in München, ausgebombt, in einem winzigen Zimmerchen, das wir nur den *Holzschuh* nannten, so eng war es, aber gemütlich, ich war gerne bei ihr und ließ mir von ihr erzählen.

Sie erzählte wunderbar; aus der kleinsten Begebenheit machte sie eine spannende und farbige Geschichte – und, wie das bei älteren Leuten häufig der Fall ist, am liebsten und schönsten erzählte sie von ihrer Kindheit und Jugend.

Sie war in Kronstadt aufgewachsen, in einer dieser kleinen, aber stolzen Städte im äußersten östlichen Karpatenbogen, so nah am Kamm der Transsylvanischen Alpen, daß man vor der Stadt im Winter nachts die Wölfe heulen hörte.

Die Begründer und Bürger waren deutsche Siedler gewesen, und es war ihnen lange (sogar unter türkischer Herrschaft) gelungen, ihre Eigenart zu bewahren. Jetzt, um die Wende zu unserem Jahrhundert, war die Stadt auch von Rumänen, Ungarn und Sintis bewohnt.

Trudes Vater war Arzt gewesen, Dr. Konrad Nußbächer. In seine Praxis kamen Angehörige aller Volksgruppen.

Von ihm stammt die schöne Anekdote von dem alten Zigeunerprimas, der, als er sein Ende nahe fühlte, unbedingt noch nach Wien reisen wollte, um dort – noch bestand ja die alte Monarchie – den Kaiser zu sehen, Franz Joseph.

Dr. Nußbächer verschaffte ihm die Gelegenheit.

Der alte Zigeunerprimas reiste ab. Aber als er nach Kronstadt zurückkehrte und wieder bei Nußbächer erschien, um sich zu bedanken, äußerte er sich nur zögerlich und sehr ernüchtert. Er hätte sich die weite Reise ersparen können, denn der Kaiser sei ja »ein scheener Herr, ein fainer Herr, . . . aber doch nur ein Mensch, wie Sie, Herr Doktor, und ich . . .« Nun freilich, ein Mensch, lautete die erstaunte Antwort, wie habe er sich denn den Kaiser vorgestellt? – »No«, sagte der alte Zigeuner, und sein Gesicht war voll kindlicher Wehmut, »hab' ich mir Kaiser doch eher vorgestellt wie Doppeladler.«

Das war eine der vielen Anekdoten, die ich von unserem Pferdchen Trude hörte.

In den späten sechziger Jahren verstummte sie. Ein Leberleiden setzte ihr zu. Sie starb.

Zehn Jahre später wurde ich zu einer Reise nach Rumänien aufgefordert. Es war eine Gesellschaftsreise, mit kunstbeflissenen Leuten; als Reiseziel waren uns die Moldauklöster angeboten, aber auch Siebenbürgen und – Kronstadt. Als ich Kronstadt im Angebot las, war ich sofort entschlossen mitzufahren. Ich wollte diesen Ort sehen mit seiner berühmten Schwarzen Kirche, vor allem aber das Haus, das Nußbächerhaus, von dem mir Trude unzählige Male erzählt hatte, so daß ich das Gefühl hatte, darin schon heimisch geworden zu sein.

Wer aber würde es mir dort zeigen? Ihre Familie war ausgestorben, die meisten Deutschen ausgewandert . . .

Immerhin war uns eine Übernachtung in Kronstadt in Aussicht gestellt, eine frühe Ankunft war vorgesehen.

An dem betreffenden Reisetag lief vorerst alles schief. Durch einen Unfall, der sich auf der Straße vor uns ereignet hatte – ein Militärfahrzeug hatte einen Schweinetransport gerammt, tote und verletzte Tiere lagen weithin verstreut, und die unverletzten hatten sich auf die Flucht begeben und mußten erst wieder eingefangen werden –, durch diesen Unfall und die darauf folgenden Umleitungen und andere Umstände waren wir sehr verspätet. Überdies sollten wir, wie uns der Reiseleiter mitteilte, nicht in Kronstadt, sondern oben im Gebirge in einem Staatshotel übernachten. Wir könnten, sagte er, lediglich der Schwarzen Kirche einen kurzen Besuch abstatten.

Ich war niedergeschlagen. Es sah so aus, als sollte ich diese ganze Reise vergeblich unternommen haben. Es dämmerte schon, als die Stadt in einer Senke vor uns auftauchte. Da – eine neue Enttäuschung: die Schwarze Kirche war zugesperrt. Im Inneren fand ein Konzert statt, es war ausverkauft, kein Zutritt mehr möglich. Wir hörten die Orgel durch das geschlossene Tor, Bachmusik. Uns blieb nichts übrig, als vor der Kirche zu warten, um nach Beendigung des Konzertes noch einen flüchtigen Rundgang durch die Halle zu unternehmen und dann weiterzufahren.

Das sollte nun alles sein?

Ich stand mit den anderen vor der Tür. Endlich wurde aufgemacht. Scharen zumeist junger Rumänen strömten heraus. Unter den letzten – eine ältere Dame. Sie war schon halb an mir vorbei, da faßte sie mich ins Auge, trat auf mich zu und sagte: »Sie kenne ich doch?« Und als ich den Kopf schüttelte: »Sie sind doch Siebenbürgerin?«

»Das bin ich nicht«, sagte ich. »Aber wenn Sie mich schon fragen, so frage auch ich: Ist Ihnen der Name Nußbächer bekannt?«

»Nußbächer? Nußbächer?« wiederholte sie. »Aber das ist lange her.«

»Ja, lange«, sagte ich, »der letzte Nußbächer dürfte hier vor fünfzig oder sechzig Jahren gestorben sein.«

»Warten Sie!« rief sie. »Gleich kommt mein Mann aus der Kirche. Er ist Domorganist. Er könnte noch etwas wissen.«

Und da trat der Gatte schon aus dem Tor.

Ich nannte den Namen meiner Freundin.

»Die Trude«, rief er, »die Trude Nußbächer, jaja, die habe ich gekannt. Kommen Sie mit mir, ich zeige Ihnen das Haus.«

Und wieder eine Reise, diesmal nach Italien.

Ich wollte meinen Sohn in Florenz besuchen, genauer gesagt, in einem Dorf bei Florenz. Er arbeitete dort in einem wissenschaftlichen Institut und war erst kürzlich aus der lauten, lärmigen Stadt hinaus aufs Land gezogen. Er schrieb mir seine neue Adresse und legte eine Skizze bei: Da war die günstigste Autobahnabfahrt eingezeichnet, dann Schlängellinien von Dorf zu Dorf, von Abzweigung zu Abzweigung. Nicht zu verfehlen.

Eine meiner Töchter erbot sich, in ihrem Wagen mit mir zu fahren.

Unser Aufbruch aus Tirol am späten Abend war ziemlich turbulent. Erst gegen Mitternacht erreichten wir den Brenner. Da durchzuckte es mich siedend heiß: Adresse und Skizze waren zu Hause auf meinem Tisch liegengeblieben. Obwohl ich wußte, daß es vergeblich war, begann ich meine Tasche zu durchwühlen. Meine Tochter fragte: »Was suchst du denn?« Ich wagte nicht, es ihr zu gestehen. In Bozen blieben wir den Rest der Nacht in einem Gasthaus, das als letztes offenhielt. Es war eine Kaschemme.

Ich schlief sehr schlecht. Beim Frühstück rückte ich endlich mit der Wahrheit heraus.

Meine Tochter starrte mich entgeistert an. Was tun? »Wir fahren weiter«, sagte ich, »irgendwie werden wir schon ankommen.«

Ich sagte es ohne Überzeugung, denn ich wußte so gut wie nichts von dem, was auf dem Zettel gestanden hatte, nicht einmal an den Namen des Dorfes konnte ich mich erinnern, nur daran, daß sich in der Nähe ein Kloster befinde und daß dieses Kloster auf einem Bergrücken erbaut sei.

Aber, o Himmel, wo gibt es in Italien keine Klöster – und wo sind sie nicht auf Bergrücken erbaut?

Noch einen Hinweis konnte ich aus meinem Gedächtnis kramen: Ich hatte von dem kleinen Jungen meines Sohnes eine Postkarte erhalten, auf ihr war der Dom von Florenz abgebildet und hinten, ein blasser Schatten jenseits der Dächer, eine

Hügelkette; auf sie hatte der Junge ein Kreuzchen gemalt und dazugeschrieben: Hier wohnen wir.

Mit diesen mehr als nebelhaften Hinweisen bewegten wir uns auf Florenz zu und fuhren in das Arnotal hinein.

Wir wollten uns an seine Nordflanke halten, aber das war nicht so leicht. Eine Stadt wie Florenz streckt sich in hundert Polypenarmen aus, sie kriecht in jede Senke, sie klettert jeden Hang hinauf. Wie findet man heraus? Umleitungen verwirrten uns, Plätze mit Kreisverkehr brachten uns um jede Orientierung. Endlich blieb das besiedelte Gebiet hinter uns, ein Sträßlein schlängelte sich durch Akaziengehölz.

Da stieß meine Tochter einen Jubelruf aus. – »Was ist los?« – »Ein Mohnfeld!«

Meine Tochter ist Malerin. Sie lebt mit Farbe, für Farbe, von Farbe. Ich reckte den Hals. Wo war da ein Mohnfeld?

Sie hatte es hinter dichtem Buschwerk hervorblitzen sehen. Jetzt sah auch ich es: In einer Geländemulde flammte es so rot, wie nur Mohn in voller Blüte flammen kann.

Meine Tochter war schon ausgestiegen. Sie holte ihre Kamera aus dem Kofferraum, dann ihren Skizzenblock.

Ich dachte: Das kann nun dauern. Aber – wer mit Künstlern unterwegs ist, muß sich manchmal in Geduld fassen lernen. Ich stieg nun auch aus und sah mich um; da entdeckte ich neben einem abzweigenden Weglein eine Richtungstafel: CHIESA SAN GERVASIO X. SECOLO.

Nun ist es so: Wenn meine Tochter auf ein blühendes Mohnfeld zustürzt, hält mich keine Macht der Welt auf, wenn ich etwas vom *decimo secolo* lese. Diese Chiesa wollte ich sehen, unbedingt.

Nach einigen Minuten war ich angekommen.

Aber ich war ziemlich enttäuscht. Da stand mitten im Bergwald eines der üblichen Kirchlein, vielleicht auf alten Fundamenten, mag sein, vielleicht auf Resten alten Gemäuers. Außen war nichts davon festzustellen. Die Tür war versperrt, kein Mensch zu sehen. Ein nüchterner Platz.

Nach einer Weile kam meine Tochter nach. Wir standen herum und blickten mehr den Schwalben nach als auf Portal und Giebel. Da stieß meine Tochter wieder einen Schrei aus – und wieder einen Jubelschrei. Diesmal war kein Mohnfeld in Sicht, statt dessen ein opulenter Fiat mit Wiener Kennzeichen, der sich soeben, mühsam holpernd, aus einem schmalen Hohlweg heraufarbeitete.

Am Steuer saß ihr Bruder, mein Sohn.

Nie, sagte er uns später, habe er sonst diese Route genommen, nur eben an diesem Tag, an dem er uns erwartete. Sein Wohnort war noch etwa zehn Kilometer entfernt. Aber das Mohnfeld und San Gervasio haben uns zusammengebracht.

Das war der letzte glückliche Zufall, der mir in, wie es schien, aussichtsloser Situation zu Hilfe gekommen ist.

Zum Schluß möchte ich von einer Art Glücksfall berichten, der nicht so sehr mich als einen anderen Menschen berührt haben mag.

Da war – er ist schon lange tot – ein feiner älterer Herr (er kam mir damals schon uralt vor), ein hoher Beamter aus München, den ich als junge Frau kennengelernt hatte. Seither hegte er etwas wie eine Vorliebe für mich (früher hätte man vielleicht gesagt: er verehrte mich). Er besuchte mich in Tirol, er schrieb mir lange umständliche Briefe, er schickte mir auch seine graphischen Werke, sehr fein gezeichnete oder in Kupfer gestochene Landschaften, Kirchen, Burgen – alles in Silbergrau.

Was nun mich betraf: Ich war verheiratet, Mutter mehrerer Kinder und – mit allen Sorgen und Lasten – was man eine gestandene Frau nennt. So ließ ich mir die Anhänglichkeit des alten Herrn mit nachsichtigem Lächeln gefallen. Nur einmal wurde mir ein wenig mulmig zumute, als ihn mein Bruder nachts auf unserer Hausbank entdeckte; der Arme hatte wohl nicht mehr gewagt, spät anzuläuten, und mochte sich, da in unserem Garten in der Dunkelheit sitzend, unter fallendem Tau, seinen Träumereien überlassen haben.

Nun – eines Tages besuchte ich eine meiner Töchter in ihrem Schulinternat im Kloster Neuhaus in Schärding. Es war ein schöner sonniger Herbsttag, ich holte sie zu einer Wanderung nach Passau ab. Wir nahmen einen Weg den Inn entlang, die Strecke betrug immerhin siebzehn Kilometer. So schauten wir uns zu Mittag nach einem Rastplatz um. Damals war der Inn noch nicht gestaut; so lag unterhalb der Neuburg noch eine kleine Felseninsel im Fluß, ein paar granitene Blöcke ganz nahe dem Ufer. Wir sprangen über eine Wasserrinne und lagerten dann auf einer der rundgeschliffenen Klippen, aßen unsere Brote und ließen uns von der Sonne bescheinen. Ich hatte, wie das so meine Gewohnheit ist, ein paar Postkarten eingesteckt, die ich verschicken wollte.

Die schrieb ich nun, und da ich dem alten Herrn eben wieder ein Lebenszeichen schuldig war, schrieb ich auch ihm eine Karte. Dann wanderten wir weiter; ich merkte gar nicht, daß ich ebendiese Karte verloren hatte, sie muß mir beim Aufbruch in den zwischen die Felsen angeschwemmten Schotter gefallen sein.

Aber nach drei, vier Tagen erhielt ich wieder einen Brief: »Ich fange an, an Wunder zu glauben, denn als ich gestern den Inn entlang wanderte und auf einer Felseninsel im Fluß rastete, sah ich eine Postkarte zwischen den Steinen liegen und, als ich sie aufhob, war sie an mich gerichtet.«

Alle Leute, denen ich bis jetzt diese Geschichte erzählte, haben gelacht. Aber ist sie denn wirklich so sonderbar?

Letzten Endes muß zwischen dem alten Herrn und mir doch eine Art Seelenverwandtschaft bestanden haben: eine gemeinsame Vorliebe für Wanderwege durch stille Landschaften, eine gemeinsame Sympathie für Felseninsel und Klippen, für Rastplätze auf besonnten Steinen mitten in der strömenden Flut.

Solche Gemeinsamkeiten ziehen dann Fäden, in denen sich ein Glücksfall verfangen kann wie eine blinkende Mücke im Netz.

Ein Leben mit Bildern

Ich habe fast so lange, wie ich denken kann, mit Bildern gelebt, mit Bildern, die Kunstwerke waren, oder solchen, die als Kunstwerke gelten wollten.

Meine erste Begegnung mit Kunst wäre beinahe dramatisch verlaufen.

In meiner Familie gab es etliche bildungsbeflissene Leute, die gern auf Bildungsreisen gingen. Dann brachten sie Postkarten mit: aus Paris die Mona Lisa, aus Dresden das Chokoladenmädchen, aus Rom nackte Göttergestalten. Eines Tages – ich war vielleicht vier – gab man mir die Postkarten zum Anschauen. Kaum aber hatte ich die nackten Götter erblickt, stürzte ich an den Zimmerofen. Ich wollte die Götter verbrennen.

Bei uns zu Hause galt es nämlich als äußerst unanständig, hüllenlos herumzulaufen. Vor allem unsere böhmischen Dienstmädchen, die vermutlich sonst nicht unbedingt Muster an Tugend waren, versäumten es nie: »Hamba, hamba! Schande, Schande!« zu schreien, wenn wir Kinder einmal nackt aus dem Bad flitzten. »Schande! Kein Hemd!« schrie auch ich jetzt – und hatte das Ofentürl schon aufgerissen.

Meine Mutter fiel mir in den Arm: »Was machst du denn da?«

Ich suchte mich ihr zu erklären.

Meine Mutter entwand mir die Götter.

Sie seien KUNST, belehrte sie mich, und KUNST sei etwas anderes, KUNST dürfe nackt sein, freilich *nur* KUNST. Wir nicht.

Vor meiner vierjährigen Seele stieg ein Rätsel auf.

Ich war zwischen sechs und sieben, als ich Keuchhusten bekam und, nach dem damaligen Stand ärztlicher Erkenntnisse, das Bett hüten mußte. Ich langweilte mich sehr. Da kam mein Großvater, der alte Tyrann (die ganze Familie zitterte vor ihm, nur ich zitterte nicht, denn ich war sein Liebling), und brachte mir zur Unterhaltung zwei große, dicke, in rotes Leder gebundene Bände, die sogenannte Doré-Bibel, ein teures Prachtwerk, das ansonsten streng verschlossen in einer Kassette lag. Niemand durfte es anrühren, auch mir war das in gesunden Tagen verboten, nun aber wurde es mir ins Bett gelegt, und ich durfte darin blättern nach Herzenslust. Da waren Bilder, dunkelrauchige Stiche, sie zeigten Welten, in denen sich Ungeheures begab. Einmal wurde die Erde erschaffen, einmal versank sie in tobender Sintflut, einmal wurde ein Mann von einem Fisch verschluckt, einmal saß einer von Löwen umringt in der Grube.

Ich fand die Bilder herrlich – und weitaus schöner und *wahrer* als die faden, starren, braven, die

die Schulbibeln meiner Geschwister schmückten und die alle so aussahen, als hätte sie ein pedantischer Zeichenlehrer mit einem Bleistift Härtenummer vier zu Papier gebracht.

Freilich hatte ich in diesen Schulbibeln schon eine Menge gelesen, ja, geradezu unersättlich neugierig in mich hineingeschlungen: die rührend-berührende Geschichte von Adam und Eva, die geheimnisvoll-rätselhafte vom Babylonischen Turm, von den ägyptischen Plagen und dem Goldenen Kalb; und sogar mit dem Martertod der sieben makkabäischen Brüder hatte ich mich schon vollkommen vertraut gemacht.

Nun sah ich, was für den Schulgebrauch in kleine zahme Traktätchen zusammengestoppelt und mit Zeichenlehrerstift illustriert worden war, plötzlich in wilde Größe verwandelt, unheilvoll drohend oder überirdisch verklärt, grandios und pathetisch oder grausam verhängnisvoll, und ich war sofort entschlossen, *dieser* Welt zu glauben, mich für sie zu entscheiden, auch wenn sie durchaus nicht tröstlich und heil, sondern gefährlich und abgründig erschien. Ich wollte ja erwachsen werden, nein, am liebsten schon erwachsen sein, und Erwachsensein – das ahnte ich – war nicht so leicht, das war nur vor dunklen Horizonten zu erreichen.

Jahre später. Wir waren inzwischen von Böhmen nach Tirol übersiedelt. Da hing in meinem und meiner Schwester Zimmer goldgerahmt, in weißem Passepartout ein Druck nach Botticelli. Während vieler fieberheißer und schmerzhafter Kinderkrankheitstage lag ich unter diesem Bild und konnte es betrachten und seinen in Zierschrift angebrachten Titel lesen: LA MADONNA DI MAGNIFICAT, konnte ihn vor- und rückwärts und wieder vor- und rückwärts lesen, und rückwärts lautete er: TACIFINGAM ID ANNODAM AL. Beides hörte sich fremdartig und volltönend an, doch die Umkehrung klang mir noch schöner, noch geheimnisvoller, wie eine Art Code- und Zauberformel, die niemand kannte als ich. Eine Weile behielt ich sie auch für mich, dann vertraute ich sie einer Freundin an, nur einer, meiner allerbesten; auch sie fand sie wunderschön. Wir riefen sie einander zu, wenn wir uns begegneten, wir flüsterten sie einander in die Ohren, wenn wir eins unserer kleinen, aber brennenden Kindergeheimnisse austauschen wollten.

Das Bild selbst gefiel mir nicht allzusehr. Es zeigte das Innere eines engen, mit Samt und Seide ausgeschlagenen Coupés, in dem eine vornehme Dame saß, von etlichen ebenfalls vornehmen, hübschen und reizend frisierten Fräulein umringt. Auf dem Schoß der Dame war ein nackter wohlgenährter Säugling postiert, von dem es hieß, er sei das Jesuskind, was ich jedoch stark in Zweifel zog, denn meiner Ansicht nach konnte das Jesuskind niemals so dick und kurzhalsig gewesen sein. Überhaupt schien mir das ganze Arrangement gänzlich unbiblisch, weit entfernt vom bethlehemitischen Stall oder von der bescheidenen Kindheit in Nazareth; es sah vielmehr nach

Höfischem aus, nach fürstlicher Eleganz und – vor allem – nach überwältigender Wohlerzogenheit. Diese Wohlerzogenheit stach mir besonders widrig ins Auge. Mich beschlich eine Ahnung, aus welchem Grunde unsere Mutter das Bild (dieser noblen Damengesellschaft) in mein und meiner Schwester Zimmer gehängt hatte. Ich kannte ja ihre pädagogische Zielsetzung und wußte, welche Ansprüche diese an uns Mädchen stellte: Wir sollten wohl genauso artig, himmlisch friedlich, lenksam und holdselig wie diese jungen Damen sein.

In mir ballte sich Widerstand zusammen gegen das Bild, und dieser Widerstand steigerte sich zu Zorn und Tücke.

So kam es dahin, daß ich eines Tages, als ich allein in unserer Wohnung war, auf die Kommode kletterte, die zwischen meinem und meiner Schwester Bett stand, und den Nagel, an dem das Bild hing, lockerte. Nun war abzuwarten, was damit geschah, ob es nicht abstürzte und entzweiging mit all seiner fürstlichen Eleganz und seidensamtenen Sittsamkeit.

Aber es stürzte nicht ab. Ein Tag verging, ein zweiter. Der Schlag blieb aus. Das Bild spottete meines Anschlags. Ich wurde kleinlaut, mein Gewissen regte sich, es klopfte wie ein Holzwurm, und in der ersten Stunde, in der ich mich wieder einmal allein in unserer Wohnung wußte, kletterte ich abermals auf die Kommode und drückte den Nagel in sein Loch zurück. Ich drückte, so stark ich vermochte, und glaubte alles wiedergutgemacht.

Doch in der folgenden Nacht geschah es. Mit Krach und Tschingbum ging »Botticelli« nieder. Das Glas lag in Scherben da, und der vergoldete Rahmen war eine Ruine.

Die ganze Familie stürzte herbei, Vater, Mutter, Bruder und eine auf Besuch gekommene Tante, alle in Nachthemden, Nachtjacken (Pyjamas waren damals noch unbekannt) – und besahen die Bescherung.

Mein Vater erklärte sogleich, der »Botticelli« könne nur durch ein Erdbeben abgestürzt sein, schließlich lebten wir in einer erdbebengefährdeten Zone, und er habe schon längst etwas Derartiges erwartet. Sonderbar sei nur, daß sonst kein Schaden entstanden sei und daß niemand das Beben gespürt habe.

Meine Mutter hatte schon Besen und Schaufel geholt, um die Scherben aufzukehren. Meiner Schwester und mir erlaubte sie nicht, aus den Betten zu steigen, um ihr zu helfen; wir könnten uns dabei, rief sie mit vor Ängstlichkeit schriller Stimme, Splitter in die Füße treten. So werkte sie allein. Ich sah ihr dabei zu, und mir war nicht wohl zumute. Plötzlich schossen mir Tränen in die Augen, aufschluchzend warf ich mich in meine Kissen.

»Das gute Kind«, sagte meine Mutter. »Schaut nur, wie leid es ihm tut um die Madonna di Magnificat.«

Nein, o nein. O wenn du wüßtest: TACIFINGAM ID ANNODAM AL.

Mein Großvater väterlicherseits muß ein großer Liebhaber von Wohltätigkeitsveranstaltungen und den auf solchen Veranstaltungen üblichen Tombolas gewesen sein, denn in seinem Haushalt gab es drei bedeutendere Gegenstände, die er, so die Familienfama, auf so einer Tombola gewonnen haben soll.

Der erste war eine »Goethe-Uhr«, ein ziemlich grauenhaftes Stück aus Messing; es zeigte den Herrn Geheimrat persönlich in eng geknöpftem Gehrock, über den eine Toga drapiert war, mit ausgestrecktem Arm auf eine Uhr weisend, die sich selten in Bewegung setzte, wenn aber, dann ertönten die Stundenschläge in durchdringendem Diskant.

Der zweite Tombolagewinn war eine Gobelinstickerei, Spätbarock oder Rokoko; darauf war eine voluminöse Dame abgebildet, die offenbar als Göttin Diana auf einem bronzierten Gig fuhr. Dieses Stück, so hieß es, stamme direkt aus der Hofburg zu Wien und sei von Maria Theresia höchstpersönlich und ihren Hofdamen bestickt worden.

Nun gut, diese Behauptung war nicht nachprüfbar, doch wenn die Kaiserin wirklich selbst an der Diana gestichelt hätte, wäre diese mit ihrem Doppelkinn und Speckhälschen ein veritables Selbstporträt der Majestät gewesen.

Der dritte und letzte Tombolagewinn war ein großer gerahmter Stich oder ein Druck nach einem Stich und trug den Titel: »Les derniers victimes de la terreur«: »Die letzten Opfer der Schreckensherrschaft«.

Alle drei Gewinne kamen im Erbgang in unseren Haushalt und schmückten unsere ansonsten eher nüchterne gute Stube.

Besonders der letzte der Gewinne hatte es mir angetan. Da ich mir immer schon gerne von Bildern Geschichten erzählen ließ (und am liebsten tragisch-dramatische), zogen mich naturgemäß die »Letzten Opfer der Schreckensherrschaft« magisch an. Da ging es um GESCHICHTE, aber in Geschichten gepackt, die von Gestalten und Geschichten abzulesen der Betrachter eingeladen war.

Das Bild zeigte einen weitläufigen düsteren Raum zwischen kahlen Wänden vor einem Gittertor. In ihm war eine größere Menge Menschen versammelt, Männer und Frauen, Junge und Alte, die offenkundig alle von einem schrecklichen Unglück betroffen waren. Einige weinten, andere klammerten sich hilfesuchend aneinander; einer, der soeben weggeholt wurde, zeigte eine stolze und finstere Miene. Vorn in der Mitte saß, von den anderen abgerückt, ein Mann auf einem Strohsessel, in unordentlichen Kleidern, mit zerrauftem Haar.

Seine fiebrig-glühenden schwarzen Augen waren über den Betrachter hinweg zum Himmel erhoben, als könnten sie dort noch etwas Großes, Wichtiges, Lebensentscheidendes erblicken, eine Prophetie, eine Botschaft, eine Vision. So wie er dasaß, schien er die Hauptperson der ganzen Gesellschaft zu sein, die Zentralfigur, auf die es ankam und in der das ganze ringsum ausgebreitete Malheur zu seinem Gipfelpunkt kam.

Niemand in der Familie konnte mir Auskunft geben, was es mit dieser Gestalt für eine Bewandtnis hatte, bis ein Gast, den ich fragte, mir erklärte: Der Mann da vorne, der mit Papier und Stift in der Hand, sei ein Dichter, und dieser Dichter habe, wie alle anderen Leute auf dem Bild, vielleicht nur noch eine halbe Stunde zu leben; dann werde ihm, wie allen anderen rundherum, der Kopf abgeschnitten werden. Doch weil er ein großer, wirklich *großer* Dichter sei, wolle er in seinen letzten Lebensminuten noch rasch etwas aufschreiben, ein Gedicht, einen Spruch, eine Weisheit, damit das, was jetzt in seinem Kopf umgehe, der Menschheit aufbewahrt sei für immer.

Das begriff ich, und ich verstand das Anliegen dieses Mannes, denn ich hatte inzwischen auch schon begonnen, Hefte und Bücher vollzuschreiben, Seite um Seite, besessen von der Lust zu erzählen, ausgefüllt von der Sehnsucht zu *dichten.*

Darum ehrte ich die Verzweiflung des Todgeweihten – und war froh, daß er wenigstens noch auf dem Bild in unserer Stube dasitzen und dichten konnte.

Später, viel später, studierte ich Kunstgeschichte, dann heiratete ich einen Bildhauer, so lebte ich mit Bildern, dann und wann auch *von* Bildern, viele Jahrzehnte lang.

Ich habe, immer auf der Suche nach Kunst, Tausende Kirchen und gewiß hundert Museen besucht; doch *ein* Museumsbesuch ist mir in ganz besonderer Erinnerung geblieben. Es war in Berlin, lange vor der Wende, in dem neuen und, wie wir jetzt wissen, doch nur vorläufigen Ausstellungsgebäude in Dahlem.

Da ging ich zuerst einmal durch die Säle der Spätgotik und dann der Frührenaissance und sah mir die Heiligen an, die so sanft und gottselig aus ihren Rahmen blickten, so zart, als wären ihre Gesichter aus Milch und Rosenblüten; ich war entzückt von diesen liliengleichen Jungfrauen, von diesen in frommer Inbrunst dahinschmelzenden Knaben.

Nachdem ich mich daran satt gesehen hatte, suchte ich eine andere Abteilung auf. In ihr war gerade eine Altmexiko-Ausstellung eröffnet worden.

War es drüben bei den Heiligen still und leer gewesen, so drängten sich hier die Menschen, darunter viele junge, und starrten staunend und mit einer gewissen Bestürzung auf die Dinge, die da lagen und standen, schwere, dunkle Gebilde, die meisten aus Stein, der aussah, als wäre er von vulkanischen Kräften aus dem Bauch der Erde hervorgeschleudert worden: Dämonen und Götter mit Riesenmäulern, mit Fratzen, Klauen und Pranken, hockende Ungeheuer; daneben Räder aus Feuerzungen, Schlangen auf Blutschalen, Schlachtmesser, Schlachtbeile und -altäre.

Weh dem, der ihnen verfiel!

Und doch –

Und doch waren die Söhne und Enkel jener, die sich drüben in den anderen Sälen als so harmlos, so fromm, so gottselig und erdentrückt bewundern ließen, die Zeitgenossen und Nachkommen der milden Apostel, der ätherischen Knaben, der engelhaften Jungfrauen – sie waren dort eingebrochen. Eine Handvoll Männer mit miserabel funktionierenden Feuerwaffen, auf Pferden, die durch die lange Schiffsreise zu Schindmähren abgemagert waren, auf nichts gestützt als auf ein paar Nußschalen von Schiffen, mit denen sie herangesegelt gekommen waren, Tausende von Meilen . . .

Dennoch gelang es ihnen – das Fürchterliche, das unausdenkbar Fürchterliche: daß sie das Volk, das sie in dem fremden, tödlich fremden Land antrafen und das die Fremden allein durch den Anblick seiner Tempel und Götter in die Flucht hätte schlagen müssen, daß sie ebendieses Volk und nahezu alle Völker rundum unterjochten, zersprengten, zerstörten, ausrotteten, bis nur noch der Urwald übrigblieb und ihre eigene unersättliche Gier nach Gold.

Da stieg wieder ein Rätsel vor mir auf, ein unlösbares, und als ich dann beim Verlassen des Museums den Saal der Heiligen noch einmal durchquerte, da wehte mich etwas an wie Eiseshauch.

Vor etwa zehn Jahren, also recht spät, habe ich mich noch einmal in ein Bild verliebt, an ein Bild verloren – und zwar auf eine eigenartige, fast lächerliche Weise, denn das Bild war ein Puzzle. Wir alle wissen, was Puzzles sind, erst recht, seit uns ganz Deutschland hochoffiziell von der Bundespost als solches übergestülpt wurde, damit wir darin – Ort für Ort, Straße für Straße – die Postleitzahlen herausklauben lernen.

Nun, Puzzles gab es schon lange. In allen Spielzeugläden werden sie vertrieben, in allen Größen und für alle Geschmäcker: Lämmchen und Entchen für die ganz Kleinen, Märchenbilder für das Grundschulalter, Städte und Landschaften für Erwachsene; da sind, selbstredend, Königsee und Neuschwanstein die Renner. Daneben aber gibt es auch, allerdings selten, viel zu selten, Meisterwerke der Malerei, etwa Breughels Sprichwörterbild, ein holländisches Blumenstilleben – und als Krone von allen – Albrecht Altdorfers Alexanderschlacht.

In sie habe ich mich puzzelnd verliebt.

Das Bild kannte ich freilich längst. Während meiner Studienzeit in München – lang, lang ist's her – wanderte ich täglich, nach bescheidenem Mensa-Mittagsmahl, in eine der Pinakotheken, am liebsten in die Alte. Da geschah es dann selten, daß ich mich nicht bei Altdorfer aufhielt und sein Gemälde bewunderte. Später pries ich es meinen Kindern, führte sie hin und suchte sie dafür zu begeistern, was offenbar so gründlich gelang, daß einer meiner Söhne zu Hause ein drei Meter langes Packpapier mit Hunderten winziger Ritterfigürchen zu bemalen begann. Glücklicherweise reichte seine Beharrlichkeit nicht dazu aus, das Werk zu vollenden, mittendrin ließ er es sein (ich hätte ja sonst wirklich an seiner psychischen Gesundheit zweifeln müssen).

Aber eines Tages wurde es mir selbst zum Verhängnis, daß ich die Alexanderschlacht in der Auslage eines Spielzeugladens entdeckte. Ich stürzte hinein und kaufte und trug sie nach Hause, dreitausendteilig – voll Begier, mich ihr zu widmen.

Jedermann hat schon einmal aus einem zerrissenen Brief oder einem zerschlagenen Teller wieder ein Ganzes zusammensetzen wollen. Sind der Teile wenige, wird es so schwer nicht gewesen sein. Sind's aber viele, eine ganze Ladung, gar dreitausend! – dann ist Geduld gefordert, Überlegung, sogar Schlauheit, ein scharfes Auge, eine sichere Hand und ein gut Stück Besessenheit.

Ich nehme an, daß mancher unter Ihnen ist, der bis jetzt keine nähere Erfahrung im Puzzeln hat. Sollten Sie aber, meine Herrschaften, auf den Gedanken kommen, sich damit einzulassen, so empfehle ich Ihnen vor allem, daß Sie in Ihrer Wohnung ein Extrazimmer dafür reservieren. Es sollte nicht zu klein, es sollte still sein, weitab vom Telephon und anderen Störquellen, und vor allem sollte es gut belichtet sein. In die Mitte stellen Sie einen Tisch mit glatter, harter, womöglich weißer Platte! Rundum verteilen Sie Regale mit Kästchen, eine gute Anzahl! Sie werden zu sortieren haben. Vor allem aber rate ich Ihnen: Lassen Sie niemanden in Ihr Puzzlezimmer ein! Schließen Sie es ab, bewachen Sie es wie Fafnir seinen Schatz, wie die Hexe das schöne Mädchen Rapunzel oder wie der mißtrauische König die Müllerstochter, die der großmäulige Müllervater ihm als Goldspinnerin angedreht hat. Achten Sie darauf, daß sich kein Blättchen Ihres Puzzles verkrümelt! Ach, sie verkrümeln sich gar zu gern. Fällt eins zu Boden, klebt es auch gleich an Ihrer Schuhsohle fest und ist schon dahin. Ein anderes schlüpft in Ihren Ärmel und lauert darauf, von Ihnen unversehens mitgenommen und ausgestreut zu werden. Ein anderes versteckt sich hinter dem Vorhang, um sich demnächst von Ihrem Staubsauger einschlürfen zu lassen – auf Nimmerwiedersehen. Hüten Sie Ihre Herde, denn wenn der Schäfchen auch nur eines fehlet, ist alle Liebesmüh verloren, das Spiel verdorben.

Naive Anfänger glauben, daß sie gleich nach dem Auspacken mit dem Zusammensetzspiel beginnen können. Irrtum. Erst müssen Sie die Randplättchen von den anderen scheiden und sie Stück für Stück zu orten versuchen; vor allem aber müssen Sie das Musterbild erst kennenlernen, mit dem Sie sich eingelassen haben.

Wandern Sie mit Ihren Augen darin umher, und durchforschen Sie es Zentimeter für Zentimeter! Je länger und inständiger Sie sich hineinversenken, um so mehr dürfen Sie hoffen, das Chaos zu bezwingen. Denn: Kampf mit dem Chaos wird künftig Ihr Schicksal sein.

Chaos: die Welt als Stückwerk, klein gebrochen in ausgelappte Pappeblättchen. Wohin das einzelne? Form und Farbe, bis in die kleinste Nuance, sind zu beachten. Wie ein Archäologe, der eine Keilschrifttafel aus tausend Trümmern zusammensetzt, sind Sie mit diesem Spiel an ein Werk geraten, das Sie zu verschlingen droht, denn dieses Weltgemälde »Alexanderschlacht« ist eine Welt-Totale.

Ja, in der Tat: Von allen Gemälden, die ich kenne, ist dieses das totalste. Auf tollkühne Weise hat es sich Welt-Totalität zu eigen gemacht: Himmel und Erde, Tag und Nacht, Gebirge und Meer, Zeltlager und verwitterte Ruinen – und vor allem die riesige Gemäldemulde im Vordergrund, in die – unentwirrbar dicht, funkelnd und brodelnd – eine insektenhaft wimmelnde Menschenmenge eingeflossen ist; die Heere der Griechen, die Armeen der Perser, Europäer und Asiaten, Sieger und bereits Besiegte, und doch, fast unentscheidbar voneinander, ineinander verkeilt und längs einer eng geschlungenen S-Kurve ineinander gebacken. Nur in der Mitte des Getümmels, auf einer schmalen Schneise, ist die bereits gefallene Entscheidung klargestellt: Da flieht Darius, der Perserkönig, auf seinem Sichelwagen, der – als entsetzliches Schlachtinstrument erbaut – Tod und Verderben in die Reihen der Griechen hätte tragen sollen; jetzt ist er ihm Fluchtgefährt, von dem aus der Geschlagene mit wehmütiger Miene auf den eifrig Heranstürmenden, auf Alexander, zurückschaut, der in goldener Rüstung, doch ebenso insektenhaft klein wie der besiegte Gegner, heranjagt. Darius flieht der Nacht entgegen, die vor ihm emporwuchert, blauschwarz über verfinsterter stygischer Landschaft, während sich über dem Sieger noch heller Tag wölbt, goldenes Nachmittagslicht aus unendlichen Fernen, aus der Unausmeßbarkeit eines kosmischen Panoramas.

Ja! So – als kosmisches Ereignis – hat Altdorfer die Schicksalsschlacht zwischen Europa und Asien gesehen. Doch der Maler hat sich das Szenario keineswegs nur zusammenphantasiert. Er hat die Weltkarten seiner Zeit sehr wohl zu Rate gezogen, hat von Zypern und der Ägäis gewußt, vom Delta des Nil, ja, von dessen fernen, im Herzen Afrikas gelegenen Ursprungsseen. Auch die Landenge, die wir heute die von Suez nennen, hat er nicht vergessen. Er hat sich von zerklüfteten Küsten erzählen lassen, von städtisch verbauten und befestigten Buchten. Eintönig dahinstreichende Strände und grüne Ebenen ignorierte er: Für ihn sollte Landschaft auf diesem Bild eine Welt voll Ereignis sein. So hat er gerafft, überhöht, gebündelt, die Küsten in Fjorde zerfurcht, den Nil als Gebirgsfluß schäumend ins Meer gestürzt. Um Liebliches war ihm nicht zu tun. Seine Erde ist kein blühender Garten, sie hat keinen Platz für lauschige Heimlichkeit. Sie bildet als Rahmen des Schlachtgetümmels die dramatische Unerbittlichkeit des Weltzustands ab.

Wie kam Altdorfer zu diesem doch eher exotischen Vorwurf?

Der Maler war bekannt geworden als Meister des Details. Auf kleinste Tafeln wußte er die kompakteste Welt zusammenzupacken, Waldesdikkicht zum Beispiel mit saubergezahnten Wipfelreihen, fein gereihten Stämmchen, Ästchen und Zweiglein, alles wie ausgefräst, und der Rasen im Vordergrund genau in Halme gelegt, mit Blümchen und Kräuterchen besternt.

Wer sich so akribisch auf das Unzählige einließ, mochte auch fähig sein, eine Schlacht zu malen.

Darum erhielt er wohl den Auftrag von seinem Herzog, dem Wittelsbacher Wilhelm VI.

Allzugroß sollte das Bild wohl nicht ausfallen. Es wird für die Privatgemächer des Fürsten bestimmt gewesen sein – als permanente Mahnung und Memento, dem Beispiel des Makedonen nachzueifern und, wenn möglich, ebenso gloriose Kriege zu führen wie dieser.

Was glücklicherweise nie geschah.

Auf jeden Fall war das Gemälde als Lehrstück gedacht. Darum die klotzige Tafel, hoch in den Himmel gehängt, ein Stück tüchtiger Schreinerarbeit mit geschmiedeten Griffen, Quaste und Ziehschnur, dahinter die rote Oriflamme, die in kosmischen Stürmen zu flattern vorgibt. Da heißt es in bravem Schullatein: »Alexander M[agnus] superat Darium U[ltimum . . .]«, Alexander der Große besiegt Darius den Letzten, nachdem von den Truppen der Perser hunderttausend Soldaten zu Fuß und zehntausend Berittene gefallen waren. Auch Mutter, Gattin und Kinder des Darius gerieten in Gefangenschaft, während er selbst mit kaum tausend Rittern entkam.

Wir wissen: Das geschah 333 vor Christi Geburt bei Issos, nahe der Stelle, von der die heute türkische Mittelmeerküste im Golf von Iskenderun südwärts abstreicht. Es war die zweite Schlacht, die Alexander gegen die Perser gewann – und die entscheidende. Sie öffnete ihm den Weg nach

Ägypten, sie traf das persische Imperium ins Herz.

Welch eine Mühe, ein solches Bild herzustellen, ist es doch nichts als eine Riesenansammlung von Miniaturen. Malte Altdorfer unter der Lupe? Malte er mit Pinseln, die aus einem einzigen zugespitzten Haar bestanden? So klar die Zonen gegeneinander geschieden sind, so dicht ineinander gestrickt sind die Details; ein Irrgarten, in dem sich der Blick verliert über die akribisch ornamentierten Rüstungen im Vordergrund, über die Wolkenherden der Federbüsche, über die Teller der Turbane, über Pferdehälse, Beine, Schilde, Lanzen und Sturmhauben, die sich jeweils zu Dutzenden, nein, zu Hunderten gehäuft gegen- und ineinanderdrängen. Da leuchten die Fahnen wie optische Inseln hervor, auch sie Wunderwerke malerischer Genauigkeit.

Was ist hier noch der einzelne? Nur ein Atom, namenloser Bestandteil eines mikrobischen Gewimmels, eines larvig-, raupenhaften Befalls der Erde, eingeschaufelt in die mörderische Grube des Schlachtfeldes, eine ebenso prunkvoll-prahlende wie grauenhafte Deutung der Weltgeschichte.

Ist ein solches Bild nicht als Puzzle mißbraucht?

Natürlich, es ist mißbraucht. Und doch: Ich hätte es – nur betrachtend – nie so kennengelernt (ich möchte wetten, ich kenne es besser als jeder noch so bemühte Kunstexperte). Meine Augen krochen hinein, ich habe es auswendig zu lernen versucht, ich habe es mit einer wahren Obsession bis in seine abgelegensten Winkel durchbuchstabiert. Ich habe Stunden damit verbracht, ein paar Dutzend seiner Puzzleblättchen zu orten und an ihre Stelle zu bringen. Wenn ich das Spiel verließ und meiner Wege ging, dann schien mir die bisher bekannte Welt plötzlich verändert; ich sah mit einem Male genauer, im Rasen das Hälmchen, am Laubbaum das Blättchen, im Asphalt das eingebackene Schotterkorn. Jetzt habe ich den Puzzleblick, dachte ich, den Pinzettenblick – und staunte darüber, wieviel Macht ein Spiel entfalten kann.

Am Ende ist mein Puzzle doch kein Ganzes geworden. Als ich mitten in der mühseligsten Arbeit war, meldete sich ein Gast bei mir an, er wollte länger bleiben. Ich konnte ihn nirgendwo anders unterbringen als in meinem Puzzlezimmer. Dort hatte ich ein großes Brett auf das Bett gelegt, dort war beisammen, was ich in vielen Wochen in jeder abgestohlenen freien Minute mit der Besessenheit eines leidenschaftlichen Käferjägers unter Lupe und Strahler zusammengepuzzelt hatte. Ich bat den Gast, das Brett vorsichtig, *höchst* vorsichtig aufzuheben und ins Nebenzimmer zu tragen. Mit dem munteren Ruf: »Das werden wir gleich haben!« packte er zu. Er hob das Brett und schwenkte es über die Schulter – ich schrie auf! –, es schwankte, es kippte, in einem einzigen Sturzbach flossen Himmel und Meer, Ritter, Fahnen und Gebirge über den Rand und landeten, ein Schotter von Fragmenten, auf dem Estrich.

Ich stand einige Sekunden wie erstarrt.

Dann sagte ich: »Nun, Gott sei Dank!«, schöpfte tief Atem, rieb mir Stirn und Augen – und holte Besen und Kehrichtschaufel. Denn – neu beginnen, das konnte ich nicht mehr.

Der Traum war ausgeträumt, der nicht zu bewältigende Welttraum eines großen Meisters.

Mit Bildern leben, in Bildern leben – wieso eigentlich?

Der eigene Lebensstoff ist manchmal undurchsichtig wie Stein oder wie Baumrinde, dunkel borkig. Dann kann es geschehen, daß auf einer Leinwand, auf einem Stück Papier oder – in einem Fresko – auf der Wand eines Kirchenschiffs etwas auftaucht wie eine Schrift, die entziffert sein will und abgelesen und die mit einem Mal den eigenen Lebensstoff durchsichtig macht, ein Fenster in ihn schneidet, ein jäh aufleuchtendes, mit weiter Aussicht.

Noch einmal hinab in die Tiefe der Zeiten: Sommer 1938, Wallraf-Richartz-Museum in Köln. Eine junge Frau geht von Saal zu Saal. Die niederrheinische Schwüle setzt ihr zu. Sie hat ihre Schuhe ausgezogen und trägt sie in der Hand, sie kann das tun, ohne groß aufzufallen, nur selten zeigt sich ein anderer Besucher.

Noch gibt es in diesem Museum keine schreibunt bemalten Plastikmonstren von Niki de Saint Phalle, keine wirr zusammengefügten Holz- und Eisengebilde von Joseph Beuys als Inkunabel einer sich selbst entfremdeten Zeit; noch sind auch

Ueckers sanft melancholische Nagelkopfherden nicht aufgezogen. Noch weist sich jede Plastik mit unzweideutiger Anatomie aus, jedes Tafelbild mit klar umrissener Thematik. Noch herrscht Klassik vor, längst als unangreifbar aufgelistet, sakrosankt gesprochen, man möchte meinen: alles wie längst gehabt.

Aber dann: das Rembrandt-Kabinett: an der Mittelwand, zentral gehängt, ein großes Bildnis: Rembrandt selbst. Das alte Gesicht zur Seite geneigt, knollennasig, gedunsen, unter der schmierigen Mütze, zerfurcht, zerklüftet, vom Tod schon beleckt. Über die Schulter geworfen ein bräunliches Tuch, fleckig, als wären Pinsel darin abgestreift, Palettenschöps damit abgewischt worden. Im Kunstführer steht: LETZTES SELBSTBILDNIS. Die junge Frau glaubt es: Hinter diesem Gesicht kann keines mehr kommen.

Das Gesicht lacht; es lacht, als weinte es Hohn und Verzweiflung. Die junge Frau steht und grübelt. Sie ist beängstigt. Rembrandts letztes Selbstbildnis hat sie verstört. In ihr sammelt sich ein Widerspruch, und weil sie dazu neigt, mit sich selbst zu sprechen, spricht sie jetzt auf das Bildnis zu:

Warum lachst du, wie du lachst, altes Gesicht?

Du weißt doch, wer du bist, wer du warst: der große Maler, der größte – vielleicht nicht aller Zeiten –, aber der größte landauf, landab in deinem mit großen Malern gesegneten Jahrhundert, ein Fürst deines Handwerks, ein König, ein Gott; ein Unerreichter, Unerreichbarer; Herr über Licht und Dunkel, über schwarzwölkende Tiefe und braunsummende Dämmerungen und über Kerzen- und Fackelschein, über Goldglanz und Juwelengefunkel und über das Von-innenher-Strahlen heiliger Leiber, göttlicher Lichtvisionen.

Ja, wir haben es gehört und gelesen: Verarmt bist du im Alter, warst verfolgt von Gläubigern und unverstanden und abgewiesen von der Menge, als deine Bilder immer stiller, immer herrlicher, immer geheimnisvoller geworden waren.

Was konnte dir das schon anhaben, dir und deinem Werk? Konnte dich die Zurückweisung von Idioten, die Vereinsamung inmitten Stumpfsinniger geschmerzt, verwirrt, zerstört haben? Ich will's nicht glauben.

Freilich – alt bist du geworden, häßlich, zahnlos; du bist nah dem Ende. Deiner gichtisch gekrümmten Hand wird der Pinsel demnächst entfallen, dein Auge wird brechen, dein herrliches demiurgisch schaffendes Auge, es wird erlöschen, Finsternis wird es füllen und ewige Nacht. Einsargen wird man dich und verscharren in der Erde deiner Heimat, an die das Meer brandet mit unaufhörlich nagendem Wellenschlag. Was kann dir das anhaben und dem, was du gewesen bist in deinem Werk?

Drum, wie du hier lachst auf diesem Bild, sollst du nicht lachen, so höhnisch, so verzweifelt, dich selbst vernichtend, als wäre dein Leben Dreck gewesen und Niedrigkeit. Ich glaube ihm nicht, diesem deinem Lachen am Rande des Schwachsinns.

Für mich ist es nichts als ein Stück frevlerischer Weltverleumdung.

Die junge Frau (noch immer strumpffüßig, die Schuhe in der Hand), müde und aufgeregt vom langen Hinundhergehen, wendet sich ab und will weiter. Da fällt ihr Blick auf ein anderes Bild; es hängt links, an der Seitenwand, kleineres Hochformat, im unverkennbaren Rembrandt-Fumato und düsteren Goldton: ein nackter Jüngling, an eine Säule gefesselt, in der Hüfte geknickt, mit nach vorne schwankendem Haupt, ein geschundenes, entkräftetes, schon halb verendetes Opfertier: TITUS ALS GEGEISSELTER CHRISTUS.

Titus, Rembrandts Sohn, Saskias Kind, Frucht überschäumender Lust, die süße Knospe im Mutterarm, das goldhaarige Bübchen unter Jakobs Segenshand: er sollte dem Vater folgen, sollte Erbe werden, Nachfolger Thronfolger auf dem Ehrensitz der Kunst.

Aber der Anspruch zielte zu hoch, viel zu hoch. Mehr als Gesellenarbeit war dem Meistersohn nicht abzuzwingen.

Die kleine Sonne ging nicht auf. Sie war ins Abseits geboren, in eine Aschen- und Schattenwelt, wo sie nur Licht fing aus dem Werk des Vaters. Nur als des Vaters Modell wurde auch Titus unsterblich.

Darum hier an der Geißelsäule, nackt im fahlen Lendentuch, das Strähnenhaar ins Gesicht gehängt, die Arme nach hinten gebunden, die milchweißen, zarten. So sollst du stehen, Sohn, damit er dich malen kann. Dazu taugt dein Knabenkörper, Elend und Marter darzustellen. Dein Kopf schwankt auf dünnem Hals, wie eine Blume am Stengel schwankt, ehe sie, abgewelkt, Blatt um Blatt verliert. Dein Tod ist nahe, Titus. Sehr nah. Denn als das Gesicht auf dem letzten Selbstbildnis lachte, war der Opferjüngling schon gestorben.

So hat sich Kunst von jeher entschieden. Das Liebste als Modell gebraucht, das Liebste als Modell mißbraucht. Alles ist ihr Modell: die Mutter, die Frau, Himmel und Erde. Gott und seine Taten: Versatzstücke im Schaffensprozeß, nach Modellwert gestaffelt. Die Liebe und der Tod: nichts als nur Anschübe, den Pinsel in Farbe zu tauchen, zu malen, zu malen, zu malen . . .

Die junge Frau glaubt plötzlich zu verstehen, was das alte Gesicht lachen macht, so lachen, als weinte es Hohn und Verzweiflung über sich selbst. Aus ihm lacht der Beraubte, der alles besaß und alles verlor, um nichts zu haben als Kunst.